Armin A. Alexander

Nachhilfestunden

Armin A. Alexander

Nachhilfestunden

Erzählungen

Bibliografische Information der Deutschen Nationalbibliothek
Die Deutsche Nationalbibliothek verzeichnet diese Publikation in der
Deutschen Nationalbibliografie;
detaillierte bibliografische Daten sind im Internet über
http://dnb.d-nb.de abrufbar

© 2009 Armin A. Alexander
Überarbeitete und erweiterte 2. Auflage Juli 2019
Umschlag, Umschlagfoto und Satz:
Armin A. Alexander
Gesetzt aus der Libertinus Serif 11/13 pt (Scribus SVN, Linux)
Herstellung und Verlag:
BoD – Books on Demand GmbH, Norderstedt
ISBN: 978-3-7412-6384-2

http://blog.arminaugustalexander.de

Nachhilfestunden 7

Evamarias Gummiregenmantel 66

Das Hotelzimmer 86

Das kleine Schuhgeschäft 111

Nachbarschaftshilfe 126

Nachhilfestunden

1.

»Was ist mit Ihnen los? Sie sind bereits zum zweiten Mal durch meine Prüfung gefallen. Erneut mit dem schlechtesten Ergebnis, was mir unbegreiflich ist. Ich frage doch lediglich Grundlagen ab. Es fällt Ihnen doch sonst leichter. Sie haben doch so gut wie alle Scheine beisammen. Wollen Sie das alles aufs Spiel setzen?«

Ulla senkte unter den väterlich strengen Worten ihres Baustoffkundeprofessors mehr als nur schuldbewußt den Blick. Er hatte mit allem recht und gerade das machte es so schlimm. Sie verstand es ja selbst nicht. Es ging wirklich nur ums Auswendiglernen, was ihr noch nie schwergefallen war.

Herbodtsheim unterbrach seine ›Standpauke‹ und betrachtete die bildhübsche junge Frau, die wie die sprichwörtliche arme Sünderin in sich zusammengesunken auf dem Stuhl ihm gegenüber saß. In der Regel brachte er eine gehörige Portion Skepsis Studentinnen entgegen, die aussahen, als wären sie der Titelseite eines Hochglanzmodemagazins entstiegen. Das mochte bei Geisteswissenschaftlerinnen, Juristinnen und BWLerinnen nicht nur angehen, sondern sogar erwünscht sein, aber bei einer zukünftigen Ingenieurin fand er es fehl am Platz. Eine Baustelle ist nun einmal nicht der angemessene Ort für eine Modenschau. Doch bei dieser jungen Frau war einiges anders. Sie war fleißig und intelligent. Während einer Unterhaltung mit ihr traten die Äußerlichkeiten in den Hintergrund. Allerdings konnte er sie sich in Cordhosen und derben Schuhen auch gar nicht so recht vorstellen.

Ulla fühlte eine leichte Übelkeit aufsteigen. Herbodtsheim sah sie mit väterlichem Wohlwollen an, was sie absolut nicht mochte. Es genügte, wenn ihr leiblicher Vater sie so ansah. Überhaupt hatten er und Herbodtsheim manches gemein.

»Weiß Ihr Vater von Ihren Schwierigkeiten?« fragte er nun teilnahmsvoll.

Sie schrak auf und errötete leicht. Doch er schien es nicht zu bemerken.

»Nein, bisher nicht. Ich möchte ihn nicht unnötig beunruhigen«, erwiderte sie mit leicht zitternder Stimme.

»Sie sollten unbedingt mit ihm darüber sprechen. Er rechnet schließlich damit, daß Sie in naher Zukunft sein Konstruktionsbüro übernehmen.«

»Ja, das tut er«, erwiderte sie und unterdrückte einen Seufzer.

Seit der Oberstufe hatte ihr Vater kaum von etwas anderem gesprochen, sobald es ihre berufliche Zukunft betraf. Er unterstützte sie finanziell großzügig, damit sie sich ganz aufs Studium konzentrieren und sich die Dinge leisten konnte, die sie brauchte, um vom Streß des Studiums abschalten zu können, was ihr bei den Kommilitonen den Ruf einer Prinzessin eingebracht hatte. Lediglich ihre guten Leistungen und ihr offenes, fröhliches Wesen verhinderten, daß sie als eine verwöhnte ›Höhere Tochter‹ abgestempelt wurde, die nur aus ›Spaß‹ studiert. Ihr bisher gutes Abschneiden bei den meisten Prüfungen hatte ihren Vater Stolz auf seine ›schöne und kluge‹ Tochter werden lassen. Mittlerweile wußten so gut wie alle seine Geschäftsfreunde und Kunden, daß sie mittelfristig eine nicht unwichtige Rolle in seinem renommierten Büro für Tragwerksplanung spielen würde. Lediglich den Zeitpunkt, an dem er sich selbst aus dem Geschäft zurückziehen würde, hatte er noch nicht festgesetzt.

»Ich schätze Ihren Vater«, fuhr Herbodtsheim im Plauderton fort, der in ihren Ohren etwas aufgesetzt klang. »Ich hatte das Vergnügen, ihm unter anderem auf verschiedenen Tagungen zu begegnen. Ich bin überzeugt, daß Sie das Zeug haben, in seine Fußstapfen zu treten. Darum wäre es doppelt ärgerlich, wäre Ihnen wegen *eines* Scheins eine vielversprechende Karriere verbaut. Vielleicht sollten Sie eine Auszeit nehmen. Zeitlich sind Sie gut im Rennen und Sie stehen nicht unter finanziellem Druck, wie die meisten Ihrer Kommilitonen.«

Sie schüttelte entschieden den Kopf.

»Nein, das wäre nicht gut. Ich fürchte auch, daß mir die Ruhe dazu fehlt. Außerdem hat mein Vater mir angeboten, daß ich nach meinem Abschluß, wenn ich möchte, ein Jahr oder auch etwas länger tun und lassen kann, was ich will, bevor ich in die Firma eintrete.« Und außerdem würde ich das Studium gerne endlich hinter mich bringen, da es mich langsam zu nerven beginnt, fügte sie in Gedanken hinzu.

»Sie müssen es wissen«, erwiderte Herbodtsheim etwas kühl, weil sie seinen gut gemeinten väterlichen Rat nicht einmal überdenken wollte. »Vielleicht sollten Sie sich intensiv mit jemanden vorbereiten, der die Prüfung bereits bestanden hat«, womit er ihr zu verstehen gab, daß er das Gespräch als beendet betrachtete.

Mit leicht zitternden Knien stand sie auf, froh, entlassen zu sein.

Draußen auf dem Gang atmete sie tief durch, ehe sie den Gebäudetrakt der Ingenieurswissenschaftlichen Fakultät verließ, in dem die Büros der Professoren untergebracht waren.

Nüchtern betrachtet war sein Vorschlag das einzig erfolgversprechende, um die Prüfung beim nächsten Mal zu bestehen. Leicht fiel ihr die Erkenntnis nicht. Sie, die immer nur Nachhilfestunden gegeben und sich seit der achten Klasse, damit beträchtlich ihr Taschengeld aufgebessert hatte, brauchte zum allerersten Mal in ihrem Leben selbst welche, alles schön und gut, nur von wem?

Spontan wußte sie niemand. Zumindest niemand, der nicht eine gewisse Schadenfreude an den Tag legen würde.

Nachdenklich betrat sie die kleine Cafeteria.

Wie Freitagnachmittag üblich war sie spärlich besucht. Entweder fuhr man nach Hause oder hatte Besseres zu tun, als sich noch in der Alma mater aufzuhalten, weshalb sie auch nicht damit rechnete, hier irgendeinem Bekannten zu begegnen. Sie holte sich einen Kaffee, der zwar nichts Besonderes, aber immerhin genießbar und heiß war, und setzte sich an einen Tisch, von dem aus sie den Raum bequem überblicken konnte, ohne selbst sogleich ins Blickfeld Hereinkommender zu geraten. Sie streckte die schönen zartbestrumpften langen Beine mit den muskulösen Schenkeln aus, trank von ihrem Kaffee und ließ die Blicke gedankenverloren schweifen.

Rüdiger, wie üblich in der Nähe des Eingangs sitzend, war überrascht Ulla an einem Freitagnachmittag, um diese Zeit hier noch zu sehen. Es war nicht zu übersehen, daß sie etwas bedrückte. Er folgte ihr mit den Blicken, wie sie sich einen Kaffee holte und bei der gelangweilten Kassiererin bezahlte, die keinen Hehl daraus machte, daß sie es für unsinnig ansah, Freitagnachmittag für eine handvoll Studenten geöffnet zu lassen, die zudem nichts außer einer Tasse Kaffee oder Tee konsumierten. Ulla steuerte einen Platz an, von dem sie nahezu den gesamten Raum im Blick hatte. Und obwohl sie ihre Blicke schweifen ließ, nicht wirklich etwas sah.

Auf eine besondere Weise war er seit dem ersten Semester in sie verliebt. Aber das waren einige ihrer Kommilitonen und nicht nur die männlichen, selbst wenn es die wenigsten zugeben würden. Doch ernsthaft hatte er sich nie Hoffnungen gemacht, wie letztlich alle. Er war alles andere als schüchtern, das war es nicht. Aber sie gehörte zu den Frauen, bei denen scheinbar nur bestimmte Männer Erfolg haben. Zuerst hatte er in ihr lediglich eine von diesen verwöhnten ›Höheren Töchtern‹ gesehen, die mehr aus Langeweile irgendein Fach studieren, doch hatte er seine Meinung schnell ändern müssen, was ihn keine große Überwindung gekostet hatte. Im Gegenteil war er erleichtert, daß sich ein Klischee wieder einmal nicht bewahrheitet hatte. Sie war nicht nur ausnehmend attraktiv, sondern auch im gleichen Maße intelligent und von liebenswertem Wesen.

Sie blickte schon eine geraume Zeit in seine Richtung und sah ihn doch nicht. Sie hielt die Tasse mit beiden Händen, als wollte sie sich an ihr wärmen, und nahm hin und wieder einen Schluck daraus. Es hätte auch warmes Wasser sein können. Sie war derart mit ihren Gedanken beschäftigt, daß ihr der Unterschied nicht aufgefallen wäre. Ihr wollte kein Kommilitone einfallen, dem sie sich hätte anvertrauen wollen.

Für einen Augenblick erwog sie, Angela zu bitten. Doch dann dachte sie daran, daß Angela, seit sie sich vor einigen Monaten von ihrer Freundin getrennt hatte, ihr eindeutige Avancen machte und sie fürchtete, sie könnte es zu ihrem Vorteil ausnutzen. Nicht daß sie sich nicht vorstellen konnte, auch mit einer Frau zu vögeln, aber Angela wäre aus mehreren Gründen als letzte infrage gekommen. Ihr Bemühen, grundsätzlich einen androgynen Eindruck zu erwecken, war nur einer davon. Wenn schon eine Frau, dann das, was in der Szene mit einer ›Femme‹ bezeichnet wird, gerne auch mollig – sogar am liebsten mollig, wenn sie ehrlich gegen sich selbst sein sollte. Sie selbst entsprach dem Bild einer ›Femme‹ auf geradezu ideale Weise. Angelas fast schon derbe männliche Art sie anzubaggern, stand als weiterer Minuspunkt auf der Liste.

Darüber hinaus fiel ihr nur Wolfgang ein. Aber Wolfgang kam

ebensowenig infrage. Er war ihr zwar nicht wirklich unsympathisch, besaß jedoch ein paar Eigenheiten, für die er zum Teil wenig konnte, die ihr seine Gegenwart aber unangenehm werden ließen. Es war nicht nur sein starkes Rauchen, so daß er zwangsläufig beim Sprechen immer das Aroma eines kalten Aschenbechers verbreitete. Schlimmer war sein chronisches Magenleiden, so daß er trotz der Einnahme spezieller Medikamente einen fortwährend unangenehmen Atem besaß, das Rauchen verstärkte es lediglich. Außerdem neigte er zur Ungeduld. Weshalb sie fürchtete, daß er rasch mißmutig wäre, wenn sie etwas nicht so zügig verstand, wie sie aus seiner Sicht sollte.

Es schien absurd, daß es unter mehr als einhundert Kommilitonen nicht *einen* geben sollte, der für sie als Nachhilfelehrer infrage kam.

Rüdiger schlug das Buch zu, in dem er seit Ullas Eintreten nicht mehr gelesen hatte, und trank den Rest von seinem längst erkalteten Tee. Während er beinahe ungeniert den Blick auf ihren langen Beinen ruhen ließ – daß sie ausschließlich Strümpfe und keine Strumpfhosen trug, hatte sein Kennerblick schnell herausgefunden – überlegte er, ob er noch etwas bleiben sollte. Mit ihr würde sich sicherlich kein Gespräch ergeben und nicht nur aufgrund offenkundiger Geistesabwesenheit. Die wenigen Male, die sie sich seit ihrer Erstimmatrikulation miteinander unterhalten hatten, ließen sich an den Fingern der rechten Hand abzählen. Wenn es überhaupt die Möglichkeit gegeben haben sollte, daß sich so etwas wie Freundschaft zwischen ihnen entwickelt – von einer Beziehung ganz zu schweigen – war diese längst vorübergegangen. Und versäumten Gelegenheiten pflegte er grundsätzlich nicht nachzutrauern.

Mit einem kaum wahrnehmbaren Achselzucken packte er gemächlich seine Sachen zusammen und verließ die Cafeteria, ohne noch einmal zu ihr hinüberzusehen.

»Ach, Rüdiger. Hättest du vielleicht einen Moment Zeit?«

Ullas leicht zitternde Stimme so dicht an seinem Ohr ließ ihn erschrocken zusammenfahren. Er war vielleicht drei Schritte weit gekommen.

»Oh, tut mir leid, wenn ich dich störe«, entschuldigte sie sich sichtlich verlegen, durch ihre innere Anspannung interpretierte sie seine Reaktion falsch.

Natürlich, es war auch blöd, ihm hinterzulaufen. Er hatte sicher

Besseres zu tun als einer Kommilitonin, die er kaum kannte, für eine Prüfung zu helfen, die er bereits beim ersten Mal mit Leichtigkeit bestanden hatte. Er war nun einmal neben ihr einer der besten – sah man von ihren Schwierigkeiten in Bauststoffkunde ab. Ihm schien noch mehr als ihr alles zuzufliegen.

Er blieb stehen und sah sie interessiert an. Sie besaß in diesem Moment viel von einem kleinen leicht verschüchterten Mädchen. Dieser Gegensatz zu ihrem gewohnt selbstbewußten Auftreten stimmte ihn sanftmütig.

»Nein, du störst nicht«, sagte er freundlich, neugierig, was sie wollte.

»Da bin ich aber froh«, entfuhr ihr ein ehrlicher Seufzer.

Ein Lächeln umspielte seine Mundwinkel.

»Ich möchte dich um einen Gefallen bitten und ich kann verstehen, wenn du keine Zeit hast, es dir lästig sein sollte. Ich muß Baustoffkunde unbedingt bestehen. Ich habe nur noch *einen* Versuch. Den darf ich nicht verpatzen. Könntest du mit mir üben? Du mußt es auch nicht umsonst tun. Du bist der einzige, von dem ich weiß, daß er mir helfen kann«, sagte sie fast ohne Atem zu holen.

Ihr Mimik besaß etwas so offen Bittendes und damit auch etwas überaus Rührendes, daß es ihm, selbst wenn er es vorgehabt hätte, schwergefallen wäre, ihre Bitte abzulehnen.

»Warum nicht?«

»Wirklich?« Sie schien offenbar nicht mit seiner Zusage gerechnet haben. »Danke!«

Spontan drückte sie ihm einen Kuß auf die rechte Wange.

»Am Montag besprechen wir alles weitere, ja? Ich muß jetzt los!«

Er schaute ihr leicht kopfschüttelnd nach, wie sie sich mit schnellen und sicheren Schritten auf ihren hohen Absätzen entfernte. Die Stelle wo sie flüchtig seine Wange mit den Lippen berührt hatte, pulsierte angenehm warm.

Sie war so erleichtert über seine Zusage, daß sie nicht einen Moment auf den Gedanken kam, ob es ihm überhaupt recht gewesen war, ihm ihre Freude so familiär zu zeigen. Sie konnte nicht verstehen, warum sie nicht gleich an ihn gedacht hatte. Er war sympathisch. Sah gut aus. Sie wußte von keiner ›Unart‹. Er war für seine sprichwörtliche Engelsgeduld bekannt, solange sie nicht über Gebühr strapaziert wurde. Sie gab zu, daß sie zu Anfang ihres Studiums leicht in ihn verknallt gewesen war. Aber da er sich nie wirklich für sie zu interessieren schien, hatte es sich auf ihrer Seite schnell wieder abgekühlt. Wahrscheinlich war sie nicht sein Typ. Doch war es müßig darüber nachzudenken. Vermutlich war es besser so, somit bestand bei ihm kaum die Gefahr, dumm angebaggert zu werden. Das würde ein entspanntes Lernverhältnis ermöglichen.

2.

»Wir sehen uns dann Donnerstag.« Ulla reichte ihm zum Abschied die Hand.

Es war mehr eine vorsichtige Frage. Sie spürte, daß Rüdigers Geduld mit ihr langsam erschöpft zu sein schien, wenngleich er so kollegial war, es nicht offen zu zeigen. Sie wußte ja selbst, daß es ihr nicht gelingen wollte, sich zu konzentrieren. Sie konnte nicht verhindern, daß ihre Gedanken ständig abschweiften. Es blieb kaum etwas von dem haften, was er ihr erklärte. Dabei war der Stoff letztlich simpel. Sie ärgerte sich sicher selbst mehr darüber als er. Er war unglaublich geduldig und wirklich sehr liebenswürdig.

Sein Studium bestritt er zielstrebig, arbeitete in den Semesterferien noch nebenbei. Wie sie hätte er es nicht nötig gehabt, wenn auch seine häuslichen Zuwendungen weit weniger üppig waren als ihre. Häufig saß er allein in der Cafeteria in ein Buch vertieft, fast immer am selben Platz neben dem Eingang, und die Bücher hatten oft nichts mit dem Studium zu tun. Er sah außerdem alles andere als schlecht aus. Ob ihm bewußt war, daß er über einen ganz schönen Knackarsch verfügte? Wahrscheinlich, sie konnte sich nicht vorstellen, daß die eine oder andere Geschlechtsgenossin ihm das nicht bereits gesagt hatte. Diese hübsche schwarzhaarige Architekturstudentin, mit der sie ihn eine Zeitlang gesehen hatte, hatte es ihm bestimmt gesagt. Das war eine, die das zu schätzen wußte, und nicht nur das! Sie war wählerisch und nahm ihre Chancen wahr. Sie gehörte zu den Frauen, die ihren Körper und ihren Sexualtrieb nicht verleugneten, sondern mit beidem in Einklang standen und somit eine Faszination ausstrahlen, der sich letztlich kein Mann entziehen konnte.

»Donnerstag«, bestätigte er und drückte ihre Hand mehr pflichtschuldig, zumindest schien es ihr so.
Mit einem leicht gezwungenen Lächeln verließ sie ihn.
Nachdem er die Tür hinter ihr geschlossen hatte, ließ er die Hand einen Augenblick auf der Klinke ruhen, als wollte er die Tür noch einmal öffnen und ihr etwas hinterherrufen. Er hörte wie ihre Schritte im Treppenhaus verhallten und unten die Haustür ging.
Mit einem Kopfschütteln ging er in die kleine Küche und setzte Teewasser auf.
So würde das nie etwas werden. Wüßte er es nicht besser, nähme er an, daß ihr weder am Bestehen der Prüfung noch an ihrem Studium etwas lag. Selbst die einfachsten Dinge schien sie nicht behalten zu können oder zu wollen. Fortwährend kaute sie auf ihrem Bleistift herum und wippte, hatte sie die Beine übereinandergeschlagen, unausgesetzt mit dem freien Fuß, so daß der Stuhl, auf dem sie saß, permanent leise knarrte, ein Geräusch, das einem relativ schnell lästig wurde. Nicht daß er sie nicht gerne bei sich hatte, im Gegenteil. Er mochte sie, nicht nur, weil sie so gut aussah, schöne Beine hatte und gleich ihm ein Faible für echte Nylons und elegante hochhackige Schuhe besaß. Er hatte ihr diesbezüglich auch schon das eine oder andere Kompliment gemacht und nicht den Eindruck, daß es ihr mißfiel. Sie hatte sogar leicht verlegen gelächelt, als hätte sie es gerade aus seinem Mund nicht erwartet. Aber all das täuschte nicht darüber hinweg, daß seine Zuversicht, was das Bestehen ihrer Baustoffkundeprüfung betraf, nicht sehr groß war. Wenn sich Donnerstag bezüglich ihrer Unaufmerksamkeit nicht etwas einschneidend veränderte, würde er ihr sagen müssen, daß er keinen Sinn in einer Fortführung ihrer Nachhilfestunden sah und sie letztlich nur ihre Zeit verschwendeten. Er wußte, daß das hart war. Aber wozu Zeit und Energie in etwas investieren, das sich nicht auszahlte? Es wäre unredlich, nicht zuletzt, weil sie ihn doch dazu gebracht hatte, daß sie ihn für die Nachhilfestunden großzügig entlohnte. »Es handelt sich um Arbeit und du könntest die Zeit sicherlich sinnvoller für dich nutzen«, hatte sie auf ihrem Standpunkt beharrt, sich seine Hilfe nicht schenken zu lassen. Das Band der Freundschaft behinderte sie schließlich nicht, sie kannten sich ja kaum.
Das Teewasser kochte. Er schüttete das heiße Wasser über das Teesieb in die Kanne.

Andererseits hatte sie in der Matheklausur, die alles andere als leicht war, fast die volle Punktzahl erreicht. Überhaupt schien ihr alles, was mit Mathematik zu tun hatte, leicht zu fallen. Schließlich bestand das Studium zum größten Teil aus Mathematik. Am Ende sollte sie am simplen Auswendiglernen scheitern? Das wäre bitterböse Ironie des Schicksals. Eine Welle des Mitleids mit ihr durchströmte ihn.

Er sah auf die Uhr. Der Tee war ausreichend lang gezogen. Er holte das Sieb aus der Kanne. Er goß sich eine Tasse ein, gab einen kräftigen Spritzer Zitrone hinzu und setzte sich mit ausgestreckten Beinen aufs Sofa.

Was könnte er tun, das ihr half, sich besser zu konzentrieren?

Sie mußte sicher ein kleines Vermögen für ihre Strümpfe ausgeben, schließlich trug sie bald jeden Tag andere. Immerhin handelte es sich um echte Nylons, das hatte sein Kennerblick gleich entdeckt. Würde man einen Wettbewerb unter den Kommilitoninnen zur ›Miss Leg‹ veranstalten; Ulla stünde als Titelträgerin sofort fest. Andererseits besäßen Sandra und Ilka auch eine gewisse Chance. Noch etwas atemberaubender als ihre schönen, zartbestrumpften Beine empfand er ihre engen Röcke, die sie gelegentlich trug, und bei denen er sich mitunter fragte, wie es ihr gelungen waren, den Reißverschluß problemlos zu schließen. Wenn es etwas gab, daß die ›Harmonie‹ ihrer Figur ein bißchen aus dem Gleichgewicht brachte, waren es ihre, für ihre Figur, auffallend breiten Hüften, was ihr wiederum optisch eine schmale Taille bescherte. War es Absicht, geschah es unbewußt, oder war es mit breiten Hüften kaum möglich anders zu gehen? Jedenfalls besaß ihr Gang stets etwas mehr oder wenig erotisch Provozierendes. Allerdings wirkten breite Hüften auf ihn in der Regel erotisierend.

Hier ging es aber nicht um Ullas und schon gar nicht um Sandras oder Ilkas Beine, noch weniger um Ullas auffallend breite Hüften, sondern darum sie durch diese dämliche Baustoffkundeprüfung zu treiben.

Im Grunde war Herbodtsheim einfallslos, was seine Prüfungsfragen betraf. Er variierte sie von Jahr zu Jahr lediglich marginal. Eigentlich genügte es, eine beliebige zurückliegende Klausur zu nehmen und die Fragen und Antworten auswendig zu lernen, um problemlos bestehen zu können. Die Note würde einzig von der Stärke der Variation abhängen, aber selbst im ungünstigsten Fall deutlich auf der sicheren Seite liegen. Vielleicht sollte er ihr vorschlagen, seine Klausur, bei der er dreiundneunzig von einhundert möglichen Punkten erreicht hatte, solange auswendig lernen zu lassen, bis sie die im Schlaf hersagen konnte? Doch das war nicht sein Ding. Er wollte, daß sie es nicht nur herunterleiern konnte, sondern weitgehend begriff, wovon die Rede war.

Es müßte schön sein, mit ihr zu vögeln und nicht nur, aber auch gerade wegen ihrer breiten Hüften. Es war unübersehbar, daß sie zu genießen verstand, ihren Körper mochte und ihren Sexualtrieb nicht verleugnete. Nicht wenigen Frauen fiel es schwer zu akzeptieren, daß sie einen eigenen besaßen und sie das Recht hatten, diesen auszuleben. Wie Iliane – jene Architekturstudentin – deren Unstetigkeit und *Laisser-faire* nicht so ganz mit seiner Zuverlässigkeit harmonieren wollten, was letztlich zum Bruch geführt hatte. Ob Ulla ihr Schamhaar entfernte? Abgesehen davon, daß ihm aus mehreren Gründen eine nackte Scham besser gefiel, hatte es den nicht zu unterschätzenden praktischen Vorteil, sich im unpassendsten Augenblick nicht mit lästigen Härchen auf der Zunge herumplagen zu müssen, denn gerade in ihren Schoß würde er nur zu gerne das Gesicht vergraben.

Nein, so ging das nicht. Er schweifte ja selbst mit den Gedanken ständig ab. Anstatt konsequent zu überlegen, wie er ihr helfen könnte, ihre Konzentrationsprobleme zu lösen, stellte er sich vor, wie es wäre, mit ihr zu vögeln. Vermutlich spielte etwas die Tatsache mit hinein, daß er vor über drei Monaten das letzte Mal mit einer Frau – eben jener Iliane – Sex gehabt hatte, so etwas wurde als Entzugserscheinungen oder so ähnlich bezeichnet.

Er stand auf und stellte die leere Tasse auf dem Tisch ab.

Vielleicht sollte er noch kurz auf einen Sprung in seine Stammbuchhandlung gehen. In der Antiquariatsabteilung hatte er schon manch interessantes Buch gefunden.

Er löschte das Teelicht im Stövchen, schlüpfte in seine Schuhe und verließ seine kleine Studentenwohnung.

Es kam selten vor, daß ihn das Wühlen in der Grabbelkiste, aus der stets der muffige Geruch von alten Kellern und Dachböden strömte, nicht ablenkte. Aber seine Gedanken schienen heute fest auf Ulla fixiert zu sein.

Er achtete kaum auf die Titel der Bücher, die durch seine Finger gingen.

Seinen Entschluß, ihr nach dem nächsten Treffen zu sagen, daß er die Fortsetzung ihrer Nachhilfestunden aufgrund ihrer fortgesetzten Unaufmerksamkeit nicht für sinnvoll erachtete, hatte er bereits verworfen. Nicht allein, weil sie ihm als Mensch und als Frau gefiel, ihre Gesellschaft sehr angenehm war, wenn man nicht gerade versuchte ihr etwas beizubringen, das partout nicht in ihren hübschen braunen Lockenkopf wollte, warum auch immer. An den lukrativen Salär, der ihm dadurch entging, dachte er nicht einen Augenblick. Fiel das Scheitern des Schülers nicht auch immer auf den Lehrer zurück?

Ein guter Lehrer kann nahezu jedem Schüler etwas beibringen. Wenn dieser nicht aus sich heraus motiviert ist, muß er motiviert werden, notfalls auch mit ungewöhnlichen Methoden.

An das Motto seines Onkels, einem Lehrer aus Leidenschaft, der sich zu recht damit brüsten konnte, die mit Abstand geringste Quote von Wiederholern unter seinen Schülern zu haben, mußte er denken. Ulla einfach aufzugeben, verstieße gegen diesen Grundsatz und das wollte er seinem Lieblingsonkel nicht antun. Abgesehen davon fiel auch immer etwas vom Ruhm des Schülers auf dessen Lehrer zurück. Wer hat nicht gerne Erfolgserlebnisse, nimmt er sich einer Sache an?

Rüdiger haßte es zu scheitern. Ullas Scheitern wäre ebenso sein Scheitern.

Er hielt schon eine ganze Weile dieses kleine zerlesene Buch mit dem speckigen Leineneinband zwischen den Fingern, das muffiger als die anderen roch. Wie lange mochte es wohl auf irgendeinem Dachboden in irgendeinem alten staubigen Koffer sein Dasein gefristet haben, ehe es bei einer Wohnungsauflösung wieder aufgetaucht war?

Wie man verstockte Zöglinge zum Lernen anhält!

Den in Fraktur gesetzten Titel las er bereits zum zweiten Mal, ohne sich dessen recht bewußt zu sein. Gedankenverloren blätterte er einige der stark vergilbten, teilweise abgegriffenen, aber noch gut zu lesenden Seiten durch, bis er langsam bemerkte, was er da in den Händen hielt.

Zuerst schmunzelte er, paßte der Titel doch zu seiner Situation – oder wie ein anderer Onkel gerne salopp mit einem breiten Grinsen zu sagen pflegte: »Wie Arsch auf Eimer.«

Die wenigen Illustrationen waren aus heutiger Sicht kurios anzusehen und kaum real umsetzbar. Kinder auf einen Stuhl zu setzten, der mehr an ein mittelalterliches Folterinstrument erinnerte oder den Stuhl mit einer Fixiervorrichtung zu versehen, die kerzengerades aufrechtes Sitzen ermöglichte, war kaum mit modernen pädagogischen Erkenntnissen vereinbar. Abgesehen davon waren diese Stahlstiche von reichlich mäßiger Qualität, besaßen etwas unfreiwillig Karikierendes, was nicht nur an den mangelhaften anatomischen Kenntnissen des Illustrators lag.

Wahllos las er einige Stellen.

Ein Hauptproblem für Unaufmerksamkeit ist Ablenkung. Erfahrungsgemäß lassen sich selbst lernwillige Zöglinge gerne ablenken, wie sehr dann erst ein unwilliger? Darum sollten im Zimmer, in welchem der Zögling seine Hausarbeit verrichtet, so wenige Gelegenheiten wie möglich zum Ablenken vorhanden sein. Der Tisch sollte in Fensternähe stehen, wegen des Lichts, aber nicht zu nahe, damit der Zögling nicht durch das, was draußen vor sich geht, abgelenkt werden kann. Selbst die folgsamsten Jungen lassen sich durch das rege Treiben auf der Straße ablenken, giebt man ihnen nur die Gelegenheit dazu. Ein Zimmer auf einen ruhigen Hinterhof hinaus ist grundsätzlich einer lärmenden Straße vorzuziehen. Der Stuhl sollte solide mit festem Sitze sein. Alles, was ein allzu bequemes Sitzen ermöglicht, sollte thunlichst vermieden werden. Des Weiteren sollte es im Raum nicht zu warm sein, da Wärme träge werden läßt. Es sollte aber auch nicht zu kalt sein, da Frieren nicht weniger ablenkend sein kann, wenn auch aus anderen Gründen. Zwar ist es gut, erfährt der Zögling eine gewisse Abhärtung, doch alles mit Maaß und Ziel. Verständlicherweise sollten sich nur die Utensilien auf dem Tische und in Reichweite des Zöglings befinden, die unerläßlich für seine Arbeiten sind. Ebenso sollte der betreffende Knabe stets unter Aufsicht stehen. Er muß spüren, daß das kleinste Vergehen, das ihn von seiner Arbeit abhält, sofort geahndet wird. Das ist wichtig, damit ihm der Zusammenhang zwischen Strafe und Vergehen bewußt bleibt. Verstreicht zwischen Vergehen und Strafe zuviel Zeit, wird aus Sicht des Knaben der Zusammenhang nicht mehr so verständlich und es könnte bei ihm den Eindruck von Willkür erwecken, was weder seiner persönlichen Entwicklung noch der Sache an sich dienlich ist.

Er konnte sich ein Schmunzeln nicht verkneifen. Was die sich damals alles ausgedacht haben! Wann war das Büchlein erschienen?

Er blätterte nach vorne zum Impressum. Der aufgeführte Verlag sagte ihm nichts. Vermutlich existierte der schon lange nicht mehr. Was ihn nicht wunderte. Hatte der noch mehr solche ›Ratgeber‹ herausgebracht, muß er gleichzeitig mit diesen aus der Mode gekommen sein. Druckort war Leipzig. Das Jahr ließ sich kaum noch eindeutig feststellen, lediglich die beiden ersten Ziffern waren zu erkennen, 1 und 8, die dritte könnte eine 6 oder auch eine 8 sein und die vierte vielleicht eine 3. Aber eigentlich war es nebensächlich. Solche Bücher mußte es seinerzeit zuhauf gegeben haben. Erziehungsregeln, die einem modernen Pädagogen die Hände vor Entsetzen über dem Kopf zusammenschlagen ließen, zumal bei Kindern mit so etwas ohnehin nur das Gegenteil erreicht wurde. Abgesehen davon wurde ausschließlich von Jungen und Knaben geredet, auch auf den Zeichnungen waren keine Mädchen zu sehen. Natürlich, nach damaliger Auffassung brauchten Frauen bloß das absolute Minimum an Bildung, damit sie ihren Männern den Haushalt führen und deren Kinder gebären konnten. Zum Glück waren diese Zeiten vorbei. Was sollte er auch mit einem Dummchen anfangen, selbst wenn sie so gut aussah wie Ulla oder Iliane? Grausliche Vorstellung. Er mußte sich angewidert schütteln.

Ist mit dem Wissenserwerb eine unangenehme Erfahrung verbunden, wird der Zögling sich noch einmal so gut an das erworbene Wissen erinnern. Denn, Hand aufs Herz, liebe leidgeprüfte Erzieher eines lernunwilligen Eleven, an was erinnern wir uns alle am besten? An Erfahrungen, die mit angenehmen Begleiterscheinungen einhergegangen sind oder an die doch viel zahlreicheren mit Unannehmlichkeiten verbundenen Dinge? Es handelt sich eindeutig um Letztere, die stärker mit unserem Gedächtnis verhaftet bleiben. Natürlich dürfen sie nicht zu unangenehm für den Zögling sein, also keine aus Wut und Enttäuschung über dessen Unwillen verabreichten Schläge, sondern sorgfältig dosirte, die ihm nicht schaden und die vor allem ohne persönlichen Groll angewendet werden. Der Zögling darf nicht den Eindruck gewinnen, daß er persönlich angegriffen wird, sondern muß immer und in jedem Falle erkennen, daß es nur zu seinem Besten ist und man es nicht thun würde, wenn es nicht unbedingt sein müßte, und einen selbst die Schläge noch mehr schmerzen als ihm.

Was Menschen mitunter doch für einen ausgemachten Blödsinn

schreiben können, dachte er kopfschüttelnd. Obwohl die Sache mit der negativen Erfahrung klang schon modern, wenn er es genau betrachtete. Bernadette, die Psychologiestudentin, mit der er vor etwas mehr als einem Jahr zusammen gewesen war, hatte ihm ähnliches erzählt. Hätte sie nicht so penetrant versucht, seine Psyche zu analysieren, hätte mehr aus ihrer Beziehung werden können. Auch sie hatte wundervoll breite Hüften und einen faszinierend üppigen Busen, war das, was zu Zeiten jenes Erziehungsratgebers als ›bäuerlich‹ bezeichnet worden wäre.

Kopfschüttelnd schlug er das kleine Kuriosum zu und wollte es schon wieder in die Grabbelkiste zurückstellen, da hielt er mitten im Tun inne.

Aber halt! Mit solchen Methoden ließen sich zwar keine empfindsamen Kinderseelen bändigen, aber war es deshalb wirklich vom ersten bis zum letzten Buchstaben Unsinn? Lag hier nicht ein Ansatz zur Lösung seines Problems? Natürlich waren die im Buch beschrieben Ratschläge völlig inakzeptabel. Ulla würde sich bedanken, ließ er sie während der ganzen Zeit auf dem harten Boden knien, wie in einem der ersten Kapitel beschrieben, ganz zu schweigen von dem Gestell, das ein absolut aufrechtes Sitzen ermöglichte und gerade einmal genug Bewegungsfreiheit ließ, um zu schreiben. Abgesehen von der Bastelarbeit, die es erfordern würde, etwas Vergleichbares zu bauen. Außerdem war die mittelmäßige Zeichnung als Konstruktionsvorlage ungeeignet. Vermutlich hat die Vorrichtung ohnehin nur in der Phantasie des Autors existiert, der sein Machwerk nicht einmal mit Namen gezeichnet hatte, was er gut nachvollziehen konnte.

Er kaufte das Büchlein. Es kostete ohnehin nur einen Euro. Was konnte man bei einem Euro schon falsch machen? Außerdem machte es Spaß, so eine kleine Kuriosität zu besitzen.

Zu Hause las er das Bändchen von der ersten bis zur letzten Seite aufmerksam durch. Je länger er darin las, über das Geschriebene nachdachte, desto weniger hielt er es für unqualifiziertes Geschreibsel einer abstrusen Epoche. Zwar hatte sich an seiner Überzeugung, daß es für die Kindererziehung untauglich war, nichts geändert. Jedoch Ulla betreffend, begann er eine andere Meinung zu vertreten.

Keine Frage, es konnte sich schnell als eine aus der Verzweiflung heraus geborene Schnapsidee erweisen, vermutlich würde sie sich auch nicht darauf einlassen. So verzweifelt konnte sie gar nicht sein. Andererseits, wenn er es ihr ruhig erklärte ... es würde genügen, sich auf etwas Einfaches zu beschränken, Knien zum Beispiel, aber auf einem Kissen, nicht auf dem harten Boden, wie im entsprechenden Kapitel gefordert. Über eine längere Zeit zu knien, war an sich schon anstrengend genug.

3.

»Wir müssen unbedingt miteinander reden«, sagte er anstelle einer Begrüßung, kaum daß er hinter Ulla die Tür geschlossen hatte.

Unsicher, wie sie seinen Vorschlag aufnehmen würde, war sein Tonfall ernster als beabsichtigt. Das versetzte ihr einen schmerzlichen Stich. Ihre Ahnung schien sich zu bestätigen, daß er die Zusammenarbeit aufkündigen wollte, doch hatte sie gehofft, er würde noch etwas Geduld mit ihr haben.

»Du willst also aufhören«, klang ihre Stimme unüberhörbar belegt.

Sie sah ihn enttäuscht aus großen Augen an. Es war nicht allein, weil sie fürchtete, er könne den Nachhilfeunterricht abbrechen, wenngleich sie das ›Andere‹ noch vor sich selbst verbarg.

Ihre Enttäuschung wiederum versetzte ihm einen Stich. Nicht nur, weil es ihm leid tat, daß sie selbst kaum noch Hoffnung für sich sah.

Ihr wurde bewußt, wieviel ihr daran lag, mit *ihm* zu lernen, noch mehr als die Prüfung zu bestehen, das war ein Muß, davon hing ihre Zukunft ab, immerhin stand die Arbeit von fünf Jahren auf dem Spiel.

»Das habe ich nicht gesagt«, beeilte er sich richtigzustellen.

Ihr Blick hellte sich auf. Beruhigt war sie aber noch nicht.

»Was schlägst du vor?« fragte sie, bereit, so gut wie alles zu versuchen.

»Du wirst es bestimmt als Schnapsidee ansehen, was ich gut verstehen könnte«, begann er mit der in den meisten Fällen völlig ungeeigneten Salamitaktik.

»Solltest du das nicht mir überlassen?« fragte sie höflich aber ungeduldig. Sie haßte nichts mehr als, wenn jemand um den heißen Brei herumredete.

»Sicher, klar«, ging ihm selbst auf, daß dies der falsche Weg war. Er atmete tief durch und sagte: »Dein Problem ist mangelnde Aufmerksamkeit.« Sie nickte beipflichtend. Niemand wußte das besser als sie selbst! »Darum habe ich mir etwas überlegt, wodurch es dir leichter fallen könnte, dich zu konzentrieren. Es ist aber – sagen wir mal – etwas ungewöhnlich.«

»Wenn es hilft«, meinte sie mit leichtem Achselzucken, obwohl sie sich nicht im geringsten vorstellen konnte, was er sich ausgedacht haben könnte.

»Du wärst wirklich bereit, es zu versuchen?« vergewisserte er sich nochmals.

Sie bejahte erneut, jetzt schon etwas ungehaltener. Reichte ihm nicht *ein* Ja? Das war typisch Mann, nie wirklich gerade heraus, selbst einer wie er nicht.

»Also gut«, sagte er mehr zu sich selbst.

»Was ist es?« fragte sie mehr neugierig als ungeduldig und sah sich im Zimmer um.

Ihr fiel auf, daß nur ein Stuhl am Tisch stand und ein Kissen auf dem Boden daneben lag. Aber sie brachte beides nicht miteinander in Verbindung.

»Es besteht darin«, begann er mit einer gewissen Feierlichkeit, feucht werdenden Handflächen und sich beschleunigendem Herzschlag, »daß du während unserer Stunde vor dem Tisch knien wirst. Natürlich auf einem Kissen und nicht auf dem nackten Boden«, fügte er schnell hinzu.

»*Das* ist deine Idee?« Irgendwie hatte sie sich etwas anderes vorgestellt, mehr eine Art Meditationsübung oder etwas Vergleichbares.

»Ich habe ja gesagt, daß es ungewöhnlich ist. Ich kann verstehen, wenn du das für ausgemachten Schwachsinn hältst.«

»Ich habe nicht gesagt, daß ich – wie du so schön sagst – das für ausgemachten Schwachsinn halte«, sagte sie in einem Tonfall, als halte sie seine Aussage, es könne sich bei seinem Vorschlag um einen solchen handeln, für ausgemachten Schwachsinn. Ihr Widerspruchsgeist war geweckt. »Ich habe nur nicht damit gerechnet. Versuchen kann man's ja mal.«

Sie schenkte ihm ein Lächeln, das ihn warm durchlief.

Ohne ein weiteres Wort rückte sie das Kissen zurecht und kniete sich darauf.

Ihm fiel ein Stein vom Herzen. Daß es so leicht sein würde, hätte er nicht gedacht.

Er setzte sich auf den Stuhl neben ihr.

Es war eine merkwürdige Situation. Zudem reichte sie ihm mit dem Kopf nur noch bis zur Schulter. Aber es schien ihr merklich leichter zu fallen, sich zu konzentrieren, wenn auch noch nicht so gut, wie er sich gewünscht hätte.

Im ersten Moment hatte es sie schon leicht amüsiert, es für einen netten Versuch gehalten, aber es schien tatsächlich zu wirken. Sie hatte sich das Knien leichter vorgestellt, vor allem durch das Kissen. Verhältnismäßig schnell mußte sie erkennen, daß es alles andere als eine bequeme Stellung war. Sie konnte nun gut nachvollziehen, warum in einer solchen Haltung Gebete stattfinden sollten – da ihre Eltern allem Religiösen mit Ablehnung gegenüberstanden, war sie nicht getauft und mit dem ganzen Brimborium – wie sie es selbst beschrieb – nie Berührung gekommen und vermißte es in keiner Weise. Allerdings wäre es ihm gegenüber nicht fair, würde sie wehleidig abbrechen. Schließlich hatte er sich etwas dabei gedacht. Ihm mußte wirklich viel an ihrem Erfolg liegen, wenn er sich gezwungen sah, zu derart ungewöhnlichen Methoden zu greifen. Hoffentlich merkte er nicht, daß das Knien sie anstrengte. Sie mußte sich ablenken, sich auf etwas anderes konzentrieren, den Schmerz vorübergehend aus ihrem Bewußtsein verbannen. Sie bemühte sich, sich auf seine angenehme Stimme zu konzentrieren, seinen Erklärungen zu folgen. Je mehr sie darauf ihre Aufmerksamkeit richtete, desto mehr vergaß sie das unangenehme Gefühl in den Knien und den Oberschenkeln. Überrascht stellte sie ab einem bestimmten Punkt fest, daß es ihr eine eigentümliche Freude bereitete, durchzuhalten, ihr das Überwinden des Schmerzes sogar ein besonderes Lustgefühl bereitete.

Es entging ihm durchaus nicht, daß es sie anstrengte. Aber sagte er ihr jetzt, daß sie nicht weiterhin knien müsse, wenn sie nicht mehr könne, würde das seine Autorität als Lehrer untergraben. Abgesehen davon hätten sie nichts dabei gewonnen.

Nach einer knappen Stunde fand er, daß es für diesmal genug war. Sie hatten das bescheidene Pensum geschafft, das er für sie ausgesucht hatte.

So steif hatten sich ihre Gelenke noch nie angefühlt, war sie überzeugt, als sie versuchte aufzustehen. Im ersten Moment gelang es ihr nicht so richtig, sich auf ihren hohen Absätzen zu halten, obwohl sie üblicherweise sicher darauf ging und sie ihr letztlich nicht hoch genug sein konnten.

Hilfe suchend lehnte sie sich für einen Moment an ihn. Er faßte sie stützend um die Taille. Es war das erste Mal, daß sie sich körperlich so nahe waren. Obwohl die Berührung nur wenige Augenblicke dauerte, enthielt sie doch mehr als nur Hilfsbereitschaft, wenngleich beide das – noch – nicht so empfanden.

»Wann sehen wir uns wieder?« fragte sie hoffnungsvoll.

»Montag?«

»Montag paßt gut.«

»Gut.«

»Ich finde, daß es keine Schnapsidee von dir war«, sagte sie entschieden von einem Lächeln begleitet zum Abschied.

Er schloß die Tür hinter ihr und hörte, wie sie fröhlich die Treppe hinunterlief.

Das lief ja besser, wie er gehofft hatte. Aber es war nur ein Anfang. Jedesmal knien lassen konnte er sie nicht, irgendwann hatte sie sich auch daran gewöhnt und die Gefahr der Ablenkung würde zurückkehren.

4.

»Was macht dein Nachhilfeschüler?« fragte Rolf mehr mit beiläufigem Interesse, während er angestrengt im Küchenschrank stöberte.

Er war ein ebenso passionierter Kaffeetrinker wie Rüdiger Teetrinker, weshalb er sich aus alter Freundschaft und als guter Gastgeber genötigt sah, Tee aufzugießen. Irgendwo mußte er noch welchen haben. Er hatte doch immer Tee im Haus. Man wußte ja nie, wer zu Besuch kam. Es wäre mehr als peinlich am Morgen ›danach‹ auf die Frage: »Hast du auch Tee?« antworten zu müssen: »Wie? Tee? Du trinkst *Tee*?« Wie viele hoffnungsvolle Beziehungen hatten auf diese Weise schon ein jähes Ende genommen, bevor sie sich richtig entfalten konnten? Andererseits konnte Rolf sich nicht erinnern, wann das letzte Mal eine Teetrinkerin sein schmales Nachtlager mit ihm geteilt hatte. Dennoch wäre es interessant, herauszufinden, ob Teetrinkerinnen andere sexuelle Präferenzen besaßen als Kaffeetrinkerinnen. Wozu studierte er eigentlich Soziologie? Das wäre einmal ein wirklich interessantes Forschungsthema. Natürlich durfte man sich nicht auf Fragebogenaktionen allein verlassen. Um ausgiebige Feldforschungen würde er nicht herumkommen. Für die Wissenschaft mußte man schon das eine oder andere Opfer bringen, wofür er sich nicht zu schade war. Bei diesem Gedanken bekam sein Blick etwas Entrücktes. Beinahe hätte er Rüdiger vergessen und den Tee sowieso.

Rüdiger stand im Türrahmen und sah dem Freund bei dessen Suche zu. Es war ihm unbegreiflich, wie jemand es schaffte, in einem so kleinen Raum – mit mehr als drei Personen war die Küche hoffnungslos überfüllt – ein derartiges Chaos anzurichten.

»Sie macht sich blendend.« Rüdiger strahlte übers ganze Gesicht und holte damit den Freund aus dessen Überlegungen über großangelegte soziologische Feldforschungsprojekte und heroische Selbstversuche in die Wirklichkeit zurück.

»Tatsächlich? Vor einer Woche sagtest du noch etwas anderes.« Rolf hielt erstaunt mit seiner Suche inne. Auch die Selbstversuche schienen vergessen.

»Wir haben gestern etwas Neues probiert, was ganz gut zu klappen scheint.«

»Mußt du mir bei Gelegenheit einmal erklären, deine Methode, vielleicht bringt sie mich auch einmal weiter.«

»Ist leider sehr auf den jeweiligen Zögling zugeschnitten und nur sehr schwer übertragbar«, erwiderte Rüdiger geheimnisvoll.

»Ach, komm, gib's zu. Du hast gar keine spezielle Methode. Sie hat lediglich die Anfangsschwierigkeiten überwunden. Das ist alles. Andernfalls würdest du auch nicht so geschraubt daherreden. Wie sich das anhört; *Zögling*. Klingt, als hättest du's aus einem wilhelminischen Erziehungsratgeber. Falls es damals so etwas überhaupt schon gegeben hat.«

Rüdiger mußte sich ein Grinsen verkneifen. Wenn Rolf wüßte, wie richtig er mit seiner Vermutung lag.

»Wirklich speziell ist sie nicht, eher vergleichsweise alt. Wobei ich sie etwas an meine Situation angepaßt habe«, fuhr er mit einem schelmischen Grinsen um die Mundwinkel fort, was Rolf jedoch anders interpretierte.

»Ach, laß mich doch dumm sterben«, meinte er resigniert mit einer wegwerfenden Geste und widmete sich demonstrativ wieder der Teebeutelsuche.

Er kannte den Freund lange genug, um zu wissen, daß der ganz schön eigensinnig sein konnte, sobald es ihm in den Kram paßte. Je mehr man versuchte, ihm die Würmer aus der Nase zu ziehen, desto mehr verschloß er sich. Wenn er schon eine so ausnehmend hübsche Elevin hatte – jetzt dachte *er* auch schon so geschraubt! – konnte er wenigstens etwas mehr über sie erzählen. Wozu waren sie bereits seit der Grundschule miteinander befreundet? Überhaupt gelang es Rüdiger anscheinend stets, die hübschesten Frauen an Land zu ziehen. Das war schon während der gemeinsamen Schultage so gewesen. Bis heute war Rolf nicht hinter die ›Masche‹ seines Freundes gekommen, was ihn wurmte, wenngleich dessen Vorliebe für breithüftige, um nicht zu sagen, mollige Frauen auffällig war und nicht so recht seinen Geschmack traf, dennoch hätte er keine von ihnen von der Bettkante geschubst.

»Dachte ich mir's doch«, holte Rolf triumphierend eine etwas zerknitterte Schachtel mit Teebeuteln hervor. Daß es Tee auch anders als im Beutel geben könnte, wäre ihm nie in den Sinn gekommen.

Rüdiger unterdrückte einen Seufzer. Jedoch war es immer noch besser als Rolfs Kaffee. Einerlei, welche Sorte er verwendete, er schaffte es, daß alle gleich schmeckten – gleich schlecht. Aus seinem Gebräu ließ sich auch mit viel Milch und Zucker kaum etwas Genießbares machen, dennoch trank der Freund davon täglich größere Mengen.

»Könnte ich mir auch gut vorstellen, einen so tollen Schuß wie deine Ulla als Nachhilfeschülerin«, meinte Rolf mit deutlich anzüglichem Unterton mehr zu sich selbst.

Rüdiger enthielt sich eines Kommentares. So sehr er die Gesellschaft des Freundes auch schätzte, was Frauen betraf, gebärdete dieser sich leider penetrant als Macho. Dabei gaben bei ihm fast immer die Frauen den Ton an, die überwiegend in ihm einen willkommenen Partner zur persönlichen Triebbefriedigung zu sehen schienen, was ihn offensichtlich nicht bekümmerte. Er besaß seine Qualitäten als Liebhaber, das mußte der Neid ihm lassen.

Rolf trug die dampfende Teekanne in das Zimmer, das ihm als Wohn-, Schlaf- und Arbeitsraum diente; auch hier war das Chaos nicht geringer.

»Halt, nicht darauf setzen!«

Rüdiger fuhr zusammen und drehte sich schuldbewußt um. War er Gefahr gelaufen, sich auf etwas Zerbrechlichem zu setzen? Aber auf dem schmalen Stuhl lag nichts außer einem zugebenermaßen, auffallend häßlichen Kissen, was ihn aber nicht wirklich wunderte. Rolfs Geschmack war in vielem, zaghaft formuliert, reichlich individuell.

»Warum?« fragte Rüdiger irritiert.

»Glaube mir, du sitzt nicht besonders bequem darauf«, erklärte der Freund und nahm das Kissen vom Stuhl, nachdem er die Kanne auf dem Tisch abgesetzt hatte.

Rüdiger verstand immer noch nicht so recht. Sicher, die Sitzfläche war nicht sehr groß ausgefallen und das Korbgeflecht, aus dem sie bestand, hatte eine auffällige Kuhle ausgebildet – aber darüber hinaus?

»Du sitzt nur noch auf dem schmalen Rand. Mit einem Kissen darauf geht es zwar, ist aber auch nicht wirklich zu empfehlen.«

Rüdiger sah sich den Stuhl interessierter an. So, man saß nur noch auf dem schmalen Rand. Also war es nicht sehr bequem, vor allem mit nacktem Hintern und das Korbgeflecht würde sich schön in die Haut eindrücken. Machte zudem einen rauhen Eindruck – natürlich, das könnte gehen!

»Was willst du für den Stuhl haben?« fragte er und sah den Freund entschlossen an.

»Wie? Was meinst du?« Rolf schaute ihn nicht sehr intelligent an.

»Wieviel du für den Stuhl willst?« wiederholte er seine Frage ruhig. Rolf konnte mitunter reichlich begriffsstutzig sein, dabei war es eine simple Frage.

»Alter Junge«, Rolf klopfte dem Freund leutselig und auch leicht sorgenvoll auf die Schulter. »Wie ich bereits sagte, taugt der alte Schemel nicht mehr viel. Ich hätte ihn seit langem nur zu gerne entsorgt, aber er ist das Geschenk meiner alten Tante. Sie meint, er sei etwas Besonderes. Aber ich bin längst überzeugt, daß sie selbst nicht mehr wußte, wohin sie mit dem alten Teil sollte, und sah das Geschenk als willkommene Gelegenheit die Loyalität ihres Lieblingsneffen auf die Probe zu stellen. Wenn du ihn also mit dir nimmst, tust mir einen riesigen Gefallen. Dann kann ich meiner Tante wenigstens mit ruhigem Gewissen sagen, daß du dich so in ihn vernarrt hast, daß ich dir deinen Wunsch aus alter

Freundschaft nicht abschlagen konnte. Das wird die alte Dame rühren. Du weißt ja, wie sehr sie dich ins Herz geschlossen hat – allerdings kann ich mir nicht vorstellen, was du damit willst. Er paßt nicht zu deiner Einrichtung.«

Das war das höflichste Gegenargument, das ihm einfiel.

»Ich habe schon eine Verwendung dafür«, meinte Rüdiger mit einem derart verklärten Blick, daß Rolf für den Moment Sorge um das geistige Gesamtbefinden des Freundes bekam. Aber dann sagte er sich, daß Rüdiger Zeit seines Lebens immer wieder einmal schräge, aber in der Regel harmlose Ideen hatte. Wenn er dieses Möbel so bequem los wurde, sollte es ihm recht sein. Seine Tante hatte sicherlich längst vergessen, daß sie ihm den Stuhl aufgeschwatzt hatte.

Während der übrigen Zeit seines Besuches hörte Rüdiger dem Freund nur mit halbem Ohr zu. Seine Gedanken waren bei dem Stuhl und wie er diesen nutzbringend bei Ulla zur Anwendung bringen konnte.

Zu Hause betrachtete Rüdiger den Stuhl lange, setzte sich probeweise mit nacktem Hintern darauf und stellte zufrieden fest, daß Rolf recht hatte, man saß ohne Kissen nicht bequem darauf. Er überlegte, ob er bezüglich der schlechten Qualität des Korbgeflechts etwas nachhelfen sollte, entschied sich jedoch dagegen. Ulla sollte nicht sofort merken, was er ihr diesmal zumutete.

Würde sie allerdings weiterhin mitmachen? Daß sie beim letzten Mal ohne zu zögern seiner Aufforderung gefolgt war, mußte nicht wirklich etwas bedeuten. Sie konnte lediglich die Anstrengung unterschätzt haben. Weshalb er auch leicht nervös war, als er ihr am Montag zur verabredeten Stunde die Tür öffnete.

Ulla hatte während des Wochenendes genug Muße gefunden, über den vergangenen Donnerstag nachzudenken. Im Nachhinein wunderte sie sich, daß sie sich so schnell bereit erklärt hatte, auf seinen Vorschlag einzugehen, der bei näherer Betrachtung reichlich eigenartig war. Jedem anderen hätte sie das auch sofort gesagt. So sehr konnte sie schließlich nicht wegen dieser Prüfung verzweifelt sein! Aber Rüdiger hatte in diesem Moment etwas ausgestrahlt, das sie an Widerspruch überhaupt nicht hatte denken lassen. Abgesehen davon war es ihr als selbstverständlich erschienen. Auch im Nachhinein dachte sie keinen Augenblick daran, ihn anzurufen und nach dem Grund zu fragen. Irgendwie hatte es ihr ja gefallen. Sicher, es war nicht angenehm gewesen, aber ab einem bestimmten Punkt war der Schmerz fast schon einem kleinen Glücksgefühl gewichen. Hatte es ihr nicht bereits als Kind Freude bereitet, ihre physischen Leistungsgrenzen auszutesten? War es nicht das, was sie am Sport wirklich gereizt hatte? Weiterlaufen, selbst wenn die Beine nicht mehr zu wollen schienen, das Herz raste, um zu spüren, wie ab diesem speziellen Punkt auf einmal alles anders wurde, wie man begann, sich immer leichter, ja geradezu berauscht zu fühlen? Bestimmt hing es damit zusammen, aber nicht nur. Beim Knien hatte zudem eine Komponente mit hineingespielt, die sie noch nicht präzisieren konnte. Irgend etwas schien sich in ihrem Verhältnis zu Rüdiger geändert zu haben. Unabhängig davon was es war, zum ersten Mal war sie in diesem verdammten Fach wirklich weitergekommen. Das allein zählte im Augenblick für sie.

»Was nehmen wir uns heute vor?« fragte sie unternehmungslustig aber auch etwas aufgeregt.

»Die mineralischen Baustoffe«, sagte er freundlich.

Sie sah sich um. Kein Kissen lag auf dem Boden. Es standen wieder zwei Stühle am Schreibtisch. Den einen Stuhl sah sie zum ersten Mal bei ihm. Er erinnerte sie an einen klassischen Caféhausstuhl. Das Korbgeflecht war vielleicht etwas arg durchgesessen, aber das machte nichts. Ohne es zu wollen, war sie enttäuscht.

»Zieh deinen Rock aus«, sagte er ruhig, aber mit Nachdruck.

Erst als er es aussprach, wurde ihm bewußt, daß es eine einigermaßen dreiste Forderung war. Doch Gesagtes läßt sich nicht zurücknehmen. Für kurz hielt er den Atem an, rechnete damit, daß sie seine geistige Gesundheit infrage stellen würde oder es zumindest als völlig mißglückten Scherz ansah.

Doch nichts von allem. Ohne darüber nachzudenken, tat sie, was er verlangte, als wäre es das Selbstverständlichste auf der Welt. Es kam ihr wie am Donnerstag nicht im mindesten in den Sinn, sich zu widersetzen.

Er dagegen mußte sein Erstaunen verbergen, daß sie es ohne zu zögern tat, als hätte er sie lediglich gebeten, Platz zu nehmen. Er hatte es gehofft, aber nicht wirklich erwartet.

Ihren Rock in der Hand haltend, sah sie sich kurz nach einer Ablagemöglichkeit um, um ihn dann von einem Achselzucken begleitet aufs Sofa zu werfen.

Etwas, aber nicht unangenehm überrascht war er von ihrem

breiten weißen Hüfthalter im 1950er Jahre Stil, der gut zu ihren Nylons paßte.

»Den Slip auch«, forderte er weiter und hoffte, daß sie das leichte Zittern in seiner Stimme nicht bemerkte.

Diese Forderung entsprang einzig ihrer Bereitwilligkeit. Er fragte sich im selben Augenblick, ob er noch ganz zurechnungsfähig sei. Aber der Reiz auszutesten, wie weit sie ihm folgen würde, war in diesem Moment zu groß. Sie hätte den Slip, im selben Stil wie der Hüfthalter, problemlos anbehalten können, ohne daß sie um einen Deut bequemer gesessen hätte, denn der zarte durchscheinende Stoff bedeckte nur wenig von ihrer weichen weißen Haut. Daß es auf diese Weise nicht nur unbequem war, sondern eine demütigende Komponente bekam, wurde weder ihm noch ihr bewußt.

Für einen Augenblick schien sie zu zögern, sah ihn prüfend an.

Sein Herz machte sich für den Weg in die Hosentasche und zur Entgegennahme eines berechtigten Rüffels bereit.

Hatte sie ihn richtig verstanden? Er machte jedenfalls nicht den Eindruck, als würde er scherzen, dann also auch den Slip.

Für den Moment wußte er nicht, was er machen sollte, als sie auch aus diesem Kleidungsstück bereitwillig stieg und abwartend vor ihm stand. Er bemühte sich, nicht allzu offen auf ihre hübsche haarlose Scham zu sehen, über der sich ein leichter Bauchansatz wölbte, auf die leicht vorwitzig herausschauenden inneren Schamlippen. Sie sollte nicht den Eindruck bekommen, als sei sie die erste Frau, die er mit nacktem Unterleib sah.

»Jetzt setz dich auf den Stuhl.« Sein Herzschlag normalisierte sich langsam wieder.

Beim Hinsetzen erkannte sie, warum sie sich untenherum ausziehen mußte. Ihr Hintern fand nur Unterstützung auf dem schmalen Rand. Das Korbgeflecht trug kaum, zudem war es relativ rauh, rauher jedenfalls als es den Anschein besaß.

Rüdiger setzte sich neben sie, als sei nichts Besonderes, innerlich erleichtert, daß sie seine Frechheit so gelassen hingenommen hatte. Er ging mit ihr die mineralischen Baustoffe munter durch, versuchte nicht daran zu denken, daß dicht neben ihm eine Frau mit entblößtem Unterleib saß. Ulla spürte, wie sich der schmale Rand und auch das Korbgeflecht immer tiefer in ihre Haut schnitt. Um nicht zu sehr daran zu denken, konzentrierte sie sich auf das, was Rüdiger ihr mit seiner angenehmen Stimme erklärte. Sie saß kerzengerade, versuchte erst gar nicht, eine bequemere Position einzunehmen, die gab es bei diesem Stuhl nicht. Obwohl es diesmal länger dauerte, bis er sie ›erlöste‹, war es ihr nicht so lange erschienen. Das Glücksgefühl, ihren Schmerz überwunden und dabei noch mehr als genug von den mineralischen Baustoffen behalten zu haben, brachte sie in Hochstimmung. Es tat ihr sogar leid, aufstehen zu müssen, obwohl sie im Grunde froh war, nicht länger auf diesem Stuhl sitzen zu müssen. Aufgekratzt zog sie in seiner Gegenwart Slip und Rock wieder an und verabschiedete sich mit einer schon mehr als freundschaftlichen Umarmung von ihm.

Auch er fühlte sich ähnlich. Daß sie vorbehaltlos seinen Anweisungen gefolgt war, er eine gewisse Macht über sie zu haben schien, gefiel ihm ebenso, wie der Abdruck, den das Korbgeflecht auf ihrem hübschen üppigen Hintern hinterlassen hatte.

Kaum zu Hause zog sie Rock und Slip aus und betrachtete ihren verlängerten Rücken ausgiebig im Spiegel. Prüfend fuhr sie mit dem Finger über die Einprägungen, die langsam eine rote Färbung annahmen.

»Diese Stunde hat wirklich Eindruck auf mich gemacht«, meinte sie lapidar und mußte über ihr eigenes Wortspiel lachen.

5.

Beim Hereinkommen fielen ihr sofort die im ganzen Zimmer auf dem Boden verstreut liegenden mehr als drei Dutzend rosa Karteikarten auf. Alle waren an der oberen Längsseite aufgebogen. Auf jeder stand ein kurzer in großen Lettern geschriebener Text.

Spätestens seit seinem Einfall mit dem Stuhl konnte sie ihr nächstes Zusammentreffen nicht mehr erwarten. Dreimal hatte sie seitdem mit entblößtem Hintern darauf gesessen und es als sehr ›eindrucksvoll‹ empfunden. Befahl er ihr den Rock auszuziehen, ihren Unterleib vor ihm zu entblößen, durchströmte sie ein eigenartiges Kribbeln, das noch etwas stärker wurde, wenn er für einige Augenblicke den Blick musternd, ohne einen Anflug von

Lüsternheit auf ihrer nackten Scham ruhen ließ, wobei sie im Stillen hoffte, daß sein Blick so lüstern wie möglich darauf ruhen würde. Nur beim ersten Mal war er bemüht nicht dorthin zu schauen, beim zweiten Mal tat er es fast ungeniert, so wie man eine besonders gelungene Skulptur betrachtet. Es war schön, daß er ihr Komplimente über ihre Hüfthalter im 1950er Jahre Stil gemacht hatte. Sie liebte Dessous aus jener Zeit, nebenbei machten sie eine gute Figur und selbst in Weiß wirkten sie alles andere als altbacken.

Sie konnte sich nicht erinnern, wann sie beim Lernen jemals soviel Spaß hatte. Es gefiel ihr so sehr, daß das Lernen langsam zur Nebensache wurde. Doch sie fürchtete, daß er seine Bemühungen einstellen könnte, sobald er es erkannte, dann wäre es verhältnismäßig schnell mit diesen angenehm qualvollen Konzentrationsübungen vorbei. Wie es schien, stand bei ihm immer noch das Lernen im Vordergrund, obwohl sie immer häufiger etwas in seinem Blick entdeckte, was eindeutig auf eine erotische Komponente schließen ließ, und manchmal konnte sie sich des Eindrucks nicht erwehren, daß seine Jeans an einer bestimmten Stelle bisweilen etwas spannte. Es freute sie, daß sie ihn nicht gleichgültig ließ. Sie mochte seine Autorität ihr gegenüber, daß er stets eine gewisse Distanz hielt und nicht versuchte, mit ihr zu flirten, da sie sich körperlich noch nicht richtig zu ihm hingezogen fühlte – zumindest glaubte sie das. Andernfalls hätte sie am Ende ihrer Nachhilfestunden nicht so leicht nach Hause gehen können.

Für den heutigen Tag hatte er ihr per SMS mitgeteilt, was sie anziehen sollte. Im ersten Moment war für sie der Zusammenhang nicht klar, es war nichts Besonderes, was er verlangte, nichts, das sie nicht sowieso gerne trug, aber vermutlich für diesen Tag nicht unbedingt ausgewählt hätte. Eine schlichte weiße Bluse, einen schwarzen kurzen engen Rock, schwarze Nylons, schwarze hochhackige Schuhe und keine Dessous bis auf einen ihrer schönen Hüfthalter war seine Anweisung gewesen – er hatte tatsächlich ›schönen Hüfthalter‹ geschrieben. Vor dem Spiegel stehend, fand sie, daß sie allzu sehr wie eine brave Geschäftsfrau wirkte. Da sie das störte, schminkte sie sich die Lippen stark in einem auffälligen Rotton, so sah sie weniger brav aus – glaubte sie.

Bevor er ihr erklärte, was es mit den auf dem Boden verteilten Karteikarten auf sich hatte, ließ er ihr Zeit, das Bild auf sich wirken zu lassen, während er sie betrachtete. Zurückhaltend, die Hände auf dem Rücken zusammengelegt, stand er seitlich neben ihr. Sie konnte anziehen, was sie wollte, sie wirkte in allem chic. Vielleicht sollte er ihr sagen, daß es ihm gefiel, schminkte sie die Lippen so kräftig. Doch fürchtete er, durch zuviel Komplimente seinerseits könnte ihre Beziehung auf eine zu persönliche Ebene geraten, sie es gar als Anmache mißverstehen. Daß er schöne Frauenbeine gerne von zarten schwarzen Nylons umhüllt und mit High-Heels versehen sah und ihre Hüfthalter als kleidsam empfand, hatte er ihr ja noch als allgemeingültige Aussage verkaufen können – glaubte er.

Neugierig und erwartungsvoll ließ sie die Blicke über die Karteikarten wandern, dabei umspielte ein Lächeln der Vorfreude ihre Lippen, obwohl sie sich noch nicht vorstellen konnte, was sie erwartete. Sie brannte darauf, die ihr zugedachte Aufgabe anzugehen.

»Ich habe mir ein kleines Frage- und Antwortspiel ausgedacht. Auf einem Teil der Karten stehen verschiedene Baustoffe und auf anderen kurze Beschreibungen. Zuerst wirst du die Baustoffe zu sinnvollen Gruppen zusammenlegen und anschließend die passenden Erklärungen dazu.«

Leichte Enttäuschung lag in ihrem Blick, als sie ihn mit leicht schiefgelegtem Kopf ansah. Das sollte alles sein? Das war doch nicht schwer. Selbst wenn er sich schwierige Beschreibungen ausgedacht haben sollte, würde es nicht lange dauern. Aber warum lagen die Karteikarten dazu auf dem Boden verstreut?

»Der Clou dabei ist«, fuhr er nach einer Kunstpause fort und ein diabolisches Lächeln umspielte seine Mundwinkel, »daß du auf allen vieren über den Boden kriechen mußt und die Karteikarten nur mit dem Mund aufnehmen darfst.«

Das veränderte die Situation vollständig. Fast hätte sie über das ganze Gesicht gestrahlt, aber das wäre unangemessen gewesen. Er brauchte nicht zu wissen, wieviel Freude ihr sein Vorschlag bereits im voraus bereitete. Darum also waren die Karteikarten aufgebogen. Natürlich, so ließen sie sich besser mit den Zähnen greifen.

Für kurz fürchtete sie, daß sie ihre teuren Nylons an den Knien beim Kriechen über den Boden durchscheuern könnte. Aber dann beruhigte sie sich wieder, sein Parkettboden war ja glatt und sie mußte das Gewicht halt mehr auf die Arme verlagern und mit den

Knien nicht über den Boden rutschten, sondern sie bei jedem ›Schritt‹ anheben. Das sah auch eleganter aus. Davon abgesehen würde sie der Verlust ihrer Nylons nicht gerade in eine finanzielle Krise stürzen, das war ihr das Opfer wert.

Ohne eine Aufforderung von ihm abzuwarten, ließ sie sich auf allen vieren auf dem kleinen freien Platz inmitten der Karteikarten mit dem Gesicht zu ihm nieder und schaute ihn mit einem fröhlich demütigen Lächeln von unten her an, wackelte dabei sogar leicht mit dem Po.

In ihrer Position erinnerte sie ihn an den längst nicht mehr unter den Lebenden weilenden Cockerspaniel seines Onkels, des Lehrers. Der hatte einen auch immer so angesehen, wollte er irgendeinen Leckerbissen haben oder gestreichelt werden. Ein bißchen erinnerten ihn ihre Locken an dessen glänzendes Fell, wenngleich ihre Haare dunkler waren. Sie hatte in diesem Moment tatsächlich etwas von einem vorwitzigen, schlauen, aber auch liebenswerten und vor allem treuen Hund an sich. Nur ein solcher befolgt bedingungslos jede Anweisung seines Herrn, weil er darauf vertrauen kann, daß ihm dieser nichts befiehlt, das ihm schadet. Müßte reizvoll sein, ihr ein breites Hundehalsband anzulegen und sie dann an der Leine durch die Wohnung zu führen. Wieso eigentlich nur durch die Wohnung? Doch das stand – noch – nicht zur Debatte.

»Worauf wartest du?« fragte er sie freundlich, aber mit unüberhörbarem Nachdruck.

Schuldbewußt senkte sie den Blick. Ihre Haltung wurde dadurch so offen unterwürfig, daß ihn ein eigenartiges Gefühl warm durchlief und er den Wunsch unterdrücken mußte, sie schützend in die Arme zu nehmen. Zum Glück hielt dieses Gefühl nicht lange an, sie hatte mit der Lösung ihrer Aufgabe begonnen und ihm den mehr als reizvollen Rücken zugewandt. Ihr zielsicheres Vorgehen besaß kaum noch etwas Devotes. Vielmehr bot sie einen reichlich verführerischen Anblick.

Wie ein Hund auf der Jagd spähte sie, verharrte mitten in der Bewegung, das Gewicht auf den Armen, das eine Knie in der Luft, nur die Schuhspitze berührte noch den Boden, wanderte mit dem Blick, lächelte zufrieden, sobald sie die gesuchte Karte entdeckt hatte, senkte den Kopf und ergriff sie mit den Zähnen, als sei es ein begehrter Knochen. Zu Beginn benötigte sie noch zwei bis drei Anläufe, bis sie die Karte richtig mit den Zähnen gefaßt hatte.

Allzu stark hatte er die Karten nicht umgebogen, es sollte ja nicht zu leicht werden. Aber bald hatte sie den Bogen heraus. Sie war schließlich ein gelehriger Hund – Pardon – eine gelehrige Schülerin. Immer wieder blieb ihr eine Locke im Mundwinkel oder in der Stirn hängen, auf der sich durch die Anstrengung vergleichsweise schnell kleine Schweißperlen bildeten, doch wischte sie diese nicht mit den Händen weg, sondern schüttelte den Kopf wie ein Hund, dem irgend etwas im Fell störte.

Er hatte es sich auf dem schmalen Sofa bequem gemacht und bemühte sich, nicht zu sehr zu grinsen, sah sie in seine Richtung. Dafür weidete er sich ungeniert am Anblick ihrer schönen Rückfront, ihres knackigen üppigen Pos unter dem engen Stoff durch den sich der Schatten ihres Hüfthalters hindurch zeichnete, der sanft geschwungenen Linie ihrer Waden, dem Spiel ihrer Beinmuskeln und hätte gerne ihre Beine durch den zarten Stoff hindurch gestreichelt.

So leicht wie sie den Anschein erweckte, fiel es ihr nicht. Schon nach kurzer Zeit bildeten sich vor Anstrengung Schweißflecke unter ihren Achseln. Aber sie ließ mit ihrem Eifer nicht nach.

Die meisten Karteikarten zierten nicht nur Abdrücke ihrer Zähne, sondern waren auch mit Lippenstift verschmiert und leicht feucht von ihrem Speichel.

Sie konnte sich nicht erinnern, jemals soviel Spaß an einer Sache gehabt zu haben. Ihre mit der Zeit leicht schmerzenden Knie störten sie ebensowenig wie der trockene Mund und der Papiergeschmack auf der Zunge. Es machte ihr nichts aus, daß sie schwitzte, ihr immer wieder die Haare in den Mundwinkeln oder mitten im Gesicht hingen.

Als sich auch auf ihrem Rücken ein großer Schweißfleck zu bilden begannen, entschied er, ihr etwas zu trinken anzubieten. Er ging in die Küche. Sie achtete nicht darauf. Sie war so in ihre Aufgabe versunken, daß sie es vermutlich nicht bemerkt hatte. In der Küche, er hatte schon ein Glas in der Hand, durchfuhr ihn – wie er meinte – ein schelmischer Gedanke. Kroch sie schon wie ein Hund über den Boden, konnte sie auch ruhig wie ein Hund trinken.

Er holte eine kleine flache Schüssel aus dem Schrank und ging nebst einer Flasche Mineralwasser ins Zimmer zurück. Die Schüssel stellte er auf dem Boden in der Nähe der Tür.

»So, komm etwas trinken«, lockte er sie, wie man einen Hund

in seinem Spiel unterbricht, weil er trinken soll, und goß Mineralwasser in die Schüssel.

Sie sah ihn fragend an. Dann verstand sie und grinste. Ohne zu zögern, kroch sie zur Schüssel, beugte den Kopf hinunter und begann wie ein Hund mit der Zunge das Wasser aufzuschlecken. Aber da eine menschliche Zunge anders als die eines Hundes beschaffen ist, war die Menge gering, die sie so aufnahm, dafür befand sich bald mehr Wasser außerhalb der Schüssel auf dem Boden und ihr Gesicht war nicht mehr nur vom Schweiß naß. Nur zu gerne hätte er ihr das Gesicht saubergeleckt.

Er beobachtete sie, schwieg und grinste in sich hinein. Als es ihr selbst zuviel wurde – viel war ohnehin nicht mehr in der Schüssel – hörte sie auf, warf noch einen letzten, einen wenig verächtlichen Blick auf die Schüssel von deren Inhalt sie viel zu wenig bekommen hatte und machte sich wieder an ihre Aufgabe.

Als sie die letzte gelöst hatte, kroch sie zu ihm und sah ihn erwartungsvoll und auch auf ein Lob hoffend von unten her an. Durch die Anstrengung ging ihr Atem heftiger, ihre Brüste hoben und senkten sich auf eine viel zu betörende Weise, sie hatte den Mund halb geöffnet und erinnerte ihn so noch mehr an einen hechelnden Hund. Er stand auf, sie folgte ihm aufmerksam mit den Blicken.

Er nahm die Karteikarten, die an den Stellen, wo sie diese mit dem Mund gepackt hatte, aufgeweicht und voller Lippenstift waren, aber da es von ihr stammte, waren für ihn die Karten dadurch ›veredelt‹. Sie hatte lediglich zwei unbedeutende Fehler gemacht, was er ihr aber nachsah.

»Gut gemacht«, lobte er und tätschelte ihr den Kopf wie den eines braven folgsamen Hundes.

Sie rieb sich zum Dank mit der linken Seite an seinem rechen Bein. Es hätte beide sicherlich nicht im geringsten gewundert, hätte sie jetzt einige Male zufrieden gebellt.

Eine ganze Weile verharrte sie in dieser Stellung, bis ihr aufging, daß sie langsam an einem Punkt angelangt waren, an dem es begann, nur noch albern zu wirken. Damit das nicht passierte, stand sie auf. Es fiel ihr nicht leicht. Ihre Glieder waren durch die lange und ungewohnte Haltung etwas steif geworden. Er mußte sie stützen und sie nutzte die Gelegenheit, sich ausgiebig an ihn zu lehnen, aber wiederum nicht solange, daß es ›gefährlich‹ wurde.

Er legte die Karteikarten in eine Schublade, bot ihr etwas zu trinken an – diesmal aus einem Glas.

Sie verabschiedeten sich wieder wie gute Freunde, die miteinander für eine Prüfung gelernt hatten. Doch während der Nacht hatten beide einen feuchten Traum, der diesem Bemühen Hohn sprach und den sie sehr genossen.

6.

Jetzt noch einen Tee und anschließend nach Hause entschloß sich Rüdiger.

Die Holzbauvorlesung war wieder reichlich öde verlaufen. Dabei bereitete ihm dieses Fach durchaus Freude. Holz war ein interessanter Werkstoff. Natürlich, warm, angenehm zu berühren und es ließen sich damit Konstruktionen errichten, die den Laien erstaunten. Aber dem alten Müller-Bergholm gelang es nicht, das Thema interessant aufzubereiten. Er war unbestritten eine Koryphäe auf seinem Gebiet, doch seine pädagogischen Fähigkeiten konnten nicht mithalten. Wohl der Hauptgrund, warum seine Vorlesungen so schlecht besucht waren, obwohl nicht wenige den KIB-Schwerpunkt gewählt hatten.

Rüdiger bezahlte seinen Tee und nahm seinen bevorzugten Platz in der Nähe des Eingangs ein.

Es war irgendwie kurios, aber fast immer, wenn er in die Cafeteria kam, war dieser Tisch unbesetzt, als klebte sein persönliches Reserviertschild darauf.

Auf die beiden durchaus hübschen Studentinnen am Nebentisch, die sich angeregt miteinander unterhielten, achtete er anfangs kaum. Einzig aus Gewohnheit holte er irgendein Buch aus der Tasche und schlug es auf. Lust, sich mit einem Text zu beschäftigen, hatte er nicht, dafür waren seine Gedanken zu sehr bei Ulla. Er fand es jedoch reichlich albern, lediglich vor seinem Tee zu sitzen und Löcher in die Luft zu starren. Andererseits, wer konnte schon sagen, ob alle die hier oder anderswo in Cafés und an ähnlichen Orten scheinbar in einem Buch oder einer Zeitung vertieft saßen, darin auch wirklich lasen.

Er konnte es nicht leugnen, es machte ihm Spaß, sich für Ulla immer neue ›Unannehmlichkeiten‹ auszudenken. Doch das wirklich Schöne dabei war, daß es ihr mindestens ebensoviel Spaß machte, diese in Kauf zu nehmen, wodurch sie bewußt oder unbewußt ihn wiederum dazu ermunterte, sich stets etwas Neues auszudenken. Daß sie dabei beachtliche Fortschritte im Lernen machte, war längst zu wenig mehr als einer angenehmen Begleiterscheinung geworden, die ihm lediglich in seiner Rolle als Nachhilfelehrer schmeichelte.

Für den bevorstehenden Nachmittag hatte er lange überlegt, bevor er sich entschieden hatte. Einerseits wollte er Wiederholungen vermeiden, kurz hintereinander dieselbe ›Tortur‹ anwenden, andererseits mußte es etwas sein, zu dem sie auch bereit sein würde. Ebenso lag der Reiz ihres Spiels darin, nicht nur ihre möglichen Grenzen im voraus zu erkennen, sondern diese tatsächlich ausfindig zu machen. Grenzen, die ihr vermutlich selbst nicht bekannt waren. Das hatte für ihn etwas vom Durchqueren einer dunklen Höhle, deren Dimensionen ihm unbekannt waren und die er nur durch vorsichtiges aber zugleich beherztes Herantasten erkunden konnte. Je mehr Details er auf diese Weise entdeckte, für seinen Mut belohnt wurde, desto mehr stieg sein Selbstbewußtsein an, ohne jedoch das Risiko aus den Augen zu verlieren, das eine voreilige selbstüberschätzende Handlung in sich barg. Eine solche konnte alles bisher erreichte innerhalb eines Augenblicks zunichtemachen.

»Es gibt nichts Schlimmeres, als wenn du dringend pinkeln mußt und irgendein Arsch hält die Toilette blockiert«, schnappte er die reichlich verärgerte Aussage der einen Studentin am Nachbartisch auf.

Er sah von seinem Buch auf und spitzte die Ohren.

»Britta, diese blöde Schlampe, mußte heute Morgen wieder einmal über eine Stunde das Bad in Beschlag nehmen«, fuhr die junge Frau im selben Tonfall fort. »Dabei habe ich ihr mehrmals gesagt, daß ich dringend muß. Meinst du, die hat darauf reagiert? Nicht die Spur! Meinte nach dem dritten Mal, als ich bereits ziemlich sauer war, daß ich ja in die Spüle pieseln könnte. Die alte Sau! Echt, in die Spüle, wo wir unseren Salat waschen! Erst als ich ihr drohte, in ihre Zimmerpflanzen zu pissen, gab sie endlich nach. Also, dieses blöde vertrocknete Grünzeug ist der wichtiger als ihre Mitbewohnerinnen. Nee, in eine Frauen-WG bringt mich keiner mehr!«

Rüdiger sah aus den Augenwinkeln heraus, daß ihr Gegenüber sich nicht sonderlich die Mühe machte, ein schadenfrohes Grinsen zu unterdrücken. Doch die andere war so mit ihrer Empörung beschäftigt, daß sie es nicht zu bemerken schien und heischte weiter um Mitgefühl.

»Also, weißt du, daß es verdammt weh tun kann, wenn du dringend mußt und nicht kannst. Das ist wirklich Folter.«

Jetzt fühlte die andere zum ersten Mal mit ihr. Allerdings konnte Rüdiger sich des Eindrucks nicht erwehren, daß sie dieser Art der Folter durchaus etwas abgewinnen konnte. Wer weiß, ob ihre Freundin wirklich nur über eine unkollegiale Mitbewohnerin klagte.

Doch. Richtig. *Das* wäre wirklich etwas Neues! Eindeutig besser als sein ursprüngliches Vorhaben. Es durchlief ihn freudig und er schlug zufrieden sein Buch zu, von dem er immer noch nicht wußte, welchen Inhalt es hatte.

Er würde Ulla mit Tee abfüllen und ihr verbieten, die Toilette aufzusuchen, bis sie das ihr bestimmte Pensum absolviert hatte. Er hatte da einen wohlschmeckenden Kräutertee mit der – hier tatsächlich – angenehmen Nebenwirkung, daß er einen prächtigen Harndrang auslöste, sobald man mehr als zwei Tassen davon getrunken hatte, was bei ihm stets der Fall war. Ein Versuch war es wert. Das würde zwar lange nicht an den optischen Reiz heranreichen, den sie beim Kriechen über dem Boden oder beim Sitzen mit nacktem Unterleib auf ›ihrem‹ Stuhl bot, aber man konnte nicht alles haben.

Er packte sein Buch ein, trank den Rest seines bereits erkalteten Tees und machte sich gutgelaunt auf den Weg. Die Vorfreude hatte ihn ganz in ihren Bann.

Natürlich würde es nicht leicht sein, herauszufinden, ab wann ihr der Harndrang tatsächlich unangenehm wurde. Er würde mehr als bisher auf ihre Haltung, ihre Gestik achten müssen. Aus eigener Erfahrung wußte er, daß man erstaunlich lange einhalten konnte, wenn es sein mußte. Allerdings konnte ein Mann immer noch bewußt eine Erektion herbeiführen und damit die Harnröhre zusätzlich ›verschließen‹. Aber wie war das bei einer Frau? Trat zum ersten Mal das Gefühl auf zu müssen, hatte man noch Zeit, ehe es kritisch wurde. Wie war das noch? Was hatte er darüber gelesen? Ach ja, richtig, die Blase ist nach dem ersten Eintreten dieses Gefühls etwa halb gefüllt.

Sein gutes Gedächtnis für Gelesenes ließ ihn zum Glück nur selten im Stich.

Ulla war wie gewohnt überpünktlich. Der Tee zog bereits. Er hatte seine größte fast eineinhalb Liter fassende Kanne genommen. Er würde sich selbst nur eine Tasse gönnen. Oder halt! Erhöhte es nicht ihre Qualen, wenn sie sah, daß er, war ihm danach, auf die Toilette gehen konnte, während es ihr verboten war?

Dieser Gedanke erfüllte ihn mit diabolischer Freude. Es gibt tatsächlich nichts Schöneres als eine Frau zu ›quälen‹ – vorausgesetzt; sie genoß es!

Es war für sie selbstverständlich die Treppen zu seiner kleinen Wohnung in Vorfreude hinaufzueilen, mit klopfendem Herzen und nicht allein aufgrund der vier im Laufschritt genommenen Treppen vor seiner Tür zu stehen und mit leicht zitternden Fingern und feuchten Handflächen auf den Klingelknopf zu drücken.

Hübsch und chic wie immer stand sie vor ihm. Noch immer kam er nicht auf den Gedanken, daß sie sich auch für ihn herrichtete.

Wie üblich tauschten sie anfänglich einige Belanglosigkeiten aus, wie alte Freunde, die sich zu einem gewohnheitsmäßigen kleinen Schwatz getroffen hatten, und tranken Tee. Sie dachte sich nichts dabei, als er sie aufforderte, noch eine weitere Tasse zu nehmen, obwohl sie vorerst keinen Durst mehr verspürte. Aber da die Rollenverteilung klar war, kam sie überhaupt nicht auf den Gedanken ihm zu widersprechen, und so trank sie insgesamt drei große Tassen des wirklich gut schmeckenden Tees, während er lediglich eineinhalb leerte.

Zufrieden beobachtete er, wie bereitwillig sie wieder *jede* seiner Anweisungen befolgte. Das Bewußtsein, Macht über sie ausüben zu können, ließ ihn sich immer mehr zu ihr hingezogen fühlen. Stärker jedenfalls, als wäre sie ›nur‹ seine Freundin, seine Geliebte gewesen.

Erwartungsvoll setzte sie sich auf ›ihren‹ Stuhl, obwohl er sie nicht aufforderte, ihren Unterleib zu entblößen. Sie fragte auch nicht nach dem Grund. Sie war überzeugt, daß er wußte, was er tat. Er setzte sich neben sie, stellte ihr lediglich einige Fragen zum Thema. Fast schon gelangweilt antwortete sie und wunderte sich längst nicht mehr, daß sie alles so gut behalten hatte, als hätte sie es schon immer gewußt. Sie wartete innerlich angespannt nur darauf, daß er zur ›Sache‹ kam. Er jedoch ging zum nächsten Punkt über. Sie gab sich Mühe, das war sie ihrem persönlichen Ehrgeiz schuldig, doch machte sich immer mehr Enttäuschung in ihr breit. Hatte er vielleicht die Lust verloren? Was war aus den schönen kleinen Spielen geworden? Diese Übungsstunde begann sich endlos hinzuziehen.

Sie war derart in Erwartung, daß er endlich etwas unternahm, um ihre Konzentration zu fördern, daß sie zuerst gar nicht merkte, wie der Druck auf ihre Blase langsam intensiver wurde. Erst als er mit der lapidaren Bemerkung »Ich muß mal eben für kleine Jungs« aufstand, wurde ihr bewußt, daß sie bereits seit einiger Zeit selbst aufs Klo mußte.

»Ich glaube, dein Tee schmeckt nicht nur gut, er regt auch die Nierentätigkeit an«, meinte sie fröhlich lächelnd, als er zurückkam und wollte es ihm gleichzutun.

»Wo willst du hin?« fragte er freundlich doch mit strengem Unterton, obwohl es darüber keinerlei Zweifel gab.

»Ich ...«, begann sie leicht eingeschüchtert.

»Später«, schnitt er ihr entschieden das Wort ab. »Erst bringen wir das hier zu Ende.«

Sie blieb enttäuscht auf ihrem Platz. Nur für einen Augenblick regte sich ihr Widerspruchsgeist. Sie wollte ihm sagen, daß er ihr den Gang zur Toilette nicht vorenthalten könne, einerlei in welchem Verhältnis sie zueinander stünden, doch das Vertrauen in ihn nahm wieder seinen festen Platz bei ihr ein. Eine Weile konnte sie noch aushalten. Das war durchaus kein Problem.

Sie preßte die Schenkel zusammen und konzentrierte sich auf das Buch vor ihr. Die veränderte Situation, das Bewußtsein von ihm ›abhängig‹ zu sein, beflügelte ihre Auffassungsgabe und das Lernen machte wieder mehr Spaß.

Der Druck wurde immer unangenehmer. Er war erneut Pinkeln gewesen. Es begann zu brennen. Sie rutschte immer unruhiger auf ihrem Stuhl hin und her. Das konnte ihm nicht entgehen.

Hoffentlich ließ er sie bald ... allenfalls noch eine viertel Stunde, dann würde ... was sagte er gerade bezüglich der Polymerketten?

Wer zuerst begriff, welchen Ursprung das leise Prasseln auf dem Parkettboden zu ihren Füßen hatte, würde sich wohl nie klären lassen. Obwohl sie, als Verursacherin nach aller Erfahrung es als erste hätte müssen, merkte sie erst durch seinen betretenen Blick, daß sie ihrer Natur freien Lauf ließ. Beide schauten einander an – niemand hätte sagen können, wen es peinlicher berührte – und dann hinunter auf den großen feuchten dunklen Fleck auf ihrem Rock, wie es darunter her- und an ihren Beinen hinunterlief und auf dem Boden eine sich gleichmäßig ausbreitende schöne Lache bildete. Weil ihr Urin fast wasserklar war, hätte es auch gut von einem umgestoßenen Glas Wasser herrühren können, dessen Inhalt vom Tisch hinunterlief.

Ob es tatsächlich nur das Überraschungsmoment war, das sie dazu brachte, es bis zum Schluß laufen zu lassen? War er wirklich nur peinlich berührt, weil er ihr Durchhaltevermögen falsch eingeschätzt hatte?

Es war nicht von der Hand zu weisen, daß beide auch als sie ihre Blase bis auf den letzten Tropfen entleert hatte und sich die Lache zu ihren Füßen weiterhin ausbreitete, unverändert dasaßen. Keiner unternahm etwas. Nicht einmal das in solchen Situationen obligatorische »Scheiße« kam ihnen in den Sinn, geschweige denn über die Lippen.

Letztlich konnten sie nicht wirklich lange dagesessen und das Malheur betrachtet haben, ehe er mit einem durchaus ehrlichen »Das tut mir jetzt aber wirklich leid« aufsprang, ins Bad eilte und mit Aufnehmer und Eimer zurückkam.

Zwischenzeitlich war sie aufgestanden, bemüht, nicht in die Lache zu treten, schaute an sich hinunter und stellte fest, daß sich die Feuchtigkeit in ihren Kleidern weiterhin ausbreitete. Typischer Kapillareffekt, dachte sie spontan, als ginge es nicht um sie und als hätte sie sich nicht soeben eingenäßt.

Er kniete vor ihr und wischte auf. Er verhielt sich, als ginge es lediglich um verschüttetes Wasser, wrang den Aufnehmer mit den nackten Händen aus. Es machte ihm offenkundig nichts aus, daß es Urin war; der *ihre*. Sie hatte den Eindruck, daß es ihm Spaß machte, ihn an den Händen, auf der Haut zu spüren. Was in ihr wiederum eine eigenartige und keine unangenehme Empfindung auslöste.

Mit einem Achselzucken ging sie ins Bad, während er ihr hinterherrief: »Ich werde meine Nachbarin fragen, ob sie dir etwas zum Anziehen leihen kann. Ihr habt ungefähr die gleiche Figur.«

Kurz darauf hörte sie die Tür gehen.

Es war aber auch zu blöd. Ich hätte es gar nicht so weit kommen lassen sollen, dachte er ärgerlich, während er die wenigen Stufen zur Etage unter ihm nahm. Hoffentlich war sie ihm nicht allzu böse.

Er klingelte an der Tür seiner Nachbarin.

Erst als eine Zeitlang, die ihm endlos erschien, nichts geschah, kam ihm zum ersten Mal die Möglichkeit in den Sinn, daß seine Nachbarin nicht zu Hause sein könnte. Das würde die Peinlichkeit vervollständigen, schließlich konnte er Ulla kaum zumuten, etwas von seinen Sachen anzuziehen, die ihr wahrscheinlich nicht passen würden.

Er klingelte voller Hoffnung und mit einigem Trotz, sich vom Schicksal nicht einschüchtern zu lassen, ein weiteres Mal.

Waren da nicht leise Geräusche hinter der Tür?

Es war keine Einbildung und einen Augenblick später wurde ihm geöffnet.

Ihre dunklen Haare waren zerzaust und der blaue Seidenkimono eindeutig übereilt übergeworfen und gegürtet. Doch für den durchaus reizvollen Anblick, den sie bot, besaß er kein Auge.

»Entschuldige, daß ich dich störe. Aber mir ist ein reichlich blödes Mißgeschick passiert. Ich habe eine Kommilitonin bei mir, der ich bei ihrer Prüfungsvorbereitung helfe, und ... na ja ... ich habe ihr eine volle Tasse Tee über den Rock gekippt. Jetzt wollte ich fragen, ob du ihr etwas zum Anziehen leihen kannst. So kann sie ja nicht nach Hause. Ihr habt in etwa die gleiche Größe«, sprudelte er fast ohne Pause hervor.

»Die hübsche Kleine, die in der letzten Zeit öfter bei dir ist«, erwiderte sie mit einem vertraulichen Grinsen, auf das er nicht sonderlich achtete. So richtig glaubte sie nicht an die Tee-Story, wenn sie auch nie die Wahrheit erraten hätte. Sie tippte – für sie naheliegender – auf eine bestimmte eiweißhaltige Körperflüssigkeit, die auf irgendeine Weise auf den Rock der jungen Schönen gelandet war. Das mußte der Neid ihm lassen; was Frauen betraf, besaß er Geschmack.

»Komm erst einmal rein. Wir finden schon etwas«, sagte seine Nachbarin freundlich.

Er trat in die Diele und bemerkte für einen Augenblick einen vorwitzigen schwarzen Lockenkopf hinter der Schlafzimmertür linsen. Die Kleine hatte er doch schon einmal gesehen? Hübsches Ding, höchstens neunzehn, Respekt, dachte er. Seine Nachbarin konnte sich trotz ihrer bereits vierzig Jahre sehen lassen. Wieso eigentlich ›trotz‹, durchfuhr es ihn, kaum daß er das gedacht hatte.

»Ich denke mal, das paßt ihr«, kam seine Nachbarin zurück und riß ihn aus seinen Gedanken.

Sie hatte einen Rock und eine Bluse mitgebracht, beide sehr chic. Sie legte sie ihm über den Arm und komplimentierte ihn hinaus.

»Mit Sicherheit bereiten die sich nicht nur auf ihre Prüfungen vor«, meinte sie schmunzelnd, nachdem sie die Tür hinter ihm geschlossen hatte.

Sie ging ins Schlafzimmer zurück, um den so jäh unterbrochenen angenehmen Nachmittag fortzusetzen.

Derweil stand Ulla im Badezimmer vor dem Spiegel und sah sich mehr amüsiert den großen feuchten Fleck auf ihrem Rock an. Natürlich war es ihr im ersten Moment peinlich gewesen. Es war auch zu blöd. Sie hätte gut noch ein paar Minuten einhalten können. Er hätte ihr sicherlich gleich erlaubt aufs Klo zu gehen. Aber irgend etwas war in ihr zu dem Entschluß gekommen, alle Konventionen zu mißachten und der Natur zu ihrem Recht zu verhelfen. Im ersten Moment wäre sie – wie es sich eigentlich ja auch gehört – am liebsten vor Scham vergangen, dann hatte sie, was sie sich aber nicht eingestehen wollte, ein eigenartiges, aber hochsinnliches Vergnügen dabei empfunden, sich einzunässen wie ein kleines Mädchen, bei dem zu früh die Windeln abgesetzt worden waren. Obwohl sie problemlos ihren Urinstrahl hätte unterbrechen können, hatte sie ihn laufen lassen. Anrichten konnte sie ja nichts. Ihr Stuhl war nicht gepolstert und unter dem Tisch lag auch kein Teppich. So peinlich berührt, wie es im ersten Moment den Anschein hatte, weil er es als seine Schuld ansah, ihr nicht schon früher erlaubt zu haben, aufs Klo zugehen, war er auch nicht. Im Gegenteil, er hatte sogar fasziniert zugesehen, wie ihr Rock nasser wurde, es an ihren Beinen hinunter auf den Boden lief und dort eine ansehnliche Lache bildete. Hatte es ihm nicht sichtlich Spaß gemacht, den ›Segen‹ aufzuwischen?

Sie strich sich mit den Fingern über den nassen Rock und spürte einen sinnlichen Schauer. Vorübergehend fand sie die Vorstellung zu onanieren reizvoll.

»Ich bin doch echt ein kleines Ferkel«, lächelte sie ihr Spiegelbild an und fand immer mehr, daß sie in ihrem nassen Rock durchaus sexy wirkte, um sich sofort lachend und mit einem gewissen Stolz zu korrigieren: »Nein, ich bin eher ein *großes* Ferkel.«

Langsam wurden die nassen Sachen am Körper unangenehm, waren noch nur kalt und feucht und klamm und klebten auf der Haut. Außerdem mußte er bald mit trockenen Kleidern zurück sein. Was würde er von ihr denken, fand er sie immer noch in ihrem nassen Rock vor dem Spiegel stehend?

Entschlossen und doch von einem wehmütigen Seufzer begleitet, schlüpfte sie aus den Schuhen, zog Rock, Slip, Strümpfe und Hüfthalter aus und warf sie in die Badewanne. Nach einem kurzen Blick an sich hinunter, folgte auch die Bluse, die hatte auch einiges aufgesogen. Bis auf ihren BH war sie nackt, zum Glück hatten die Schuhe nichts abbekommen. Warum mußte sie ausgerechnet heute eines ihrer teuersten Paare anziehen?

Sie sah sich um. Am Haken hinter der Tür hing ein blaßblauer Frotteebademantel, der eindeutig schon bessere Zeiten gesehen hatte. Sie zog ihn über und band ihn mit seinem schon etwas ausgefransten Gürtel zu.

Sie ließ Wasser ins Waschbecken laufen, schüttete etwas Waschpulver dazu und legte ihre ausgezogenen Kleider hinein.

Kaum war sie damit fertig, hörte sie, wie die Wohnungstür geschlossen wurde und er sichtlich erleichtert ausrief: »Ich habe frische Sachen zum Anziehen für dich bekommen!«

Obwohl sie bereits in den verschiedenen ›demütigenden‹ Positionen, einmal sogar nackt bis auf Nylons, Hüfthalter und kniehohen Stiefeln aus schwarzem Veloursleder vor ihm gesessen hatte und er wissen mußte, daß sie im Bad war, traute er sich offenkundig nicht hereinzukommen. Dieses ›peinliche Ereignis‹ hatte den Zauber zwischen ihnen vorerst gebrochen. Also, diese Stunde war gelaufen. Schade, aber es schien unmöglich jetzt ungezwungen weiterzumachen. Nein, dann hätte er das Heft nicht aus der Hand geben dürfen. Ihr gar Vorhaltungen wegen ihrer Unfähigkeit, ihren Harndrang unter Kontrolle zu halten, machen müssen.

Sie malte sich fröhlich aus, wie es weiter gegangen wäre, hätte er so reagiert, während er brav draußen wartete, daß sie das Bad verließ.

Wie dem auch sei, einerseits mußte sie ihre Fantasien auskosten, andererseits war es natürlich unhöflich, ihn warten zu lassen. Sie konnte ja nicht wissen, wie unangenehm ihm der ›Zwischenfall‹ tatsächlich war. Am Ende ließ er in seinen Bemühungen nach und ihre Nachhilfestunden verkamen wirklich zu puren Nachhilfestunden. Das war absolut nicht mehr in ihrem Sinn.

»Ich habe meine Sachen schon mal eingeweicht. Ich hoffe, du hast nichts dagegen«, sagte sie und senkte leicht schüchtern den Blick.

Zum ersten Mal war er froh, daß er diesen uralten Bademantel nicht längst entsorgt hatte. Er war ihr zu groß, wirkte, als wäre er bereits von Generationen getragen worden, und trotzdem sah sie irgendwie sexy darin aus. Warum nahm er sie nicht in den Arm? Warum wendete er nur soviel Kraft auf, es nicht zu tun? Manchmal verstand er sich selbst nicht.

Mit innerer Zufrieden sah sie, wie er sie ansah, noch immer die Sachen seiner Nachbarin über dem Arm, irgendwie nicht wissend, was er mit ihnen machen sollte.

»Sind das die Sachen von deiner Nachbarin?« half sie ihm mit einem leichten Lächeln um die Mundwinkel.

»Äh, ja«, wurde er sich bewußt, daß er sie ihr längst hätte geben sollen.

»Hast du an Unterwäsche gedacht?« fragte sie wie nebenbei.

»Scheiße, nein«, entfuhr es ihm impulsiv.

Daran hatte er nicht gedacht. Aber klar, wenn etwas alles abbekommen hatte, dann doch wohl ihr Slip!

»Kann man halt nichts machen«, sagte sie mit einem übertriebenen Achselzucken und grinste in sich hinein.

Ob er bemerkte, wie das gemeint war? Nein, in seinem Blick lag nichts außer Verlegenheit.

Sie ging wieder ins Bad, nicht nur um sich umzuziehen, sondern weil sie sich ein Lachen nicht länger verkneifen konnte.

»Ich mache uns auf den Schreck erst einmal einen frischen Tee«, rief er ihr hinterher.

Fein, dann kann ich mir ja noch einmal ins Höschen machen, das ich nicht anhabe, dachte sie fröhlich und alles andere als ernst, obwohl ... nein, lediglich so war das nur eklig, machte keinen Spaß. Sie mußte in einer Situation sein, wo ihr scheinbar keine andere Wahl blieb. Außerdem glaubte sie nicht, daß seine Nachbarin sonderlich begeistert sein würde, näßte sie deren Kleider ein.

Sie hörte, wie er in der kleinen Küche rumorte und sich vermutlich überlegte, wie er sich bei ihr entschuldigen könnte. Nun, das würde sie ihm noch austreiben müssen. Geschmack hatte seine Nachbarin jedenfalls. Der Rock und die Bluse waren zwar von schlichtem Schnitt, aber von guter Qualität und der Rock wunderbar eng. Ihre festen breiten Hüften würden darin gut zur Geltung kommen. Sie liebte ihre auffallend breiten Hüften, weshalb sie gerne enge Röcke trug. Das Erstbeste hatte seine Nachbarin jedenfalls nicht gegriffen.

»Es war meine Schuld«, sagte sie und lehnte sich dabei mit einer wunderbaren Mischung aus Lässigkeit, Verführung und leichter Unterwürfigkeit an den Rahmen der Küchentür. »Ich kann sonst ganz gut einhalten. Reden wir nicht mehr davon«, setzte sie hinzu, als er zu einer erneuten Entschuldigung ansetzen wollte, drehte sich zur Bekräftigung elegant auf den Absätzen herum und ging mit lasziv wiegenden Hüften die drei Schritte ins Zimmer.

Also, das war eindeutig. Er war erleichtert. Eigentlich hätte ihm ihre gelassene Reaktion, nachdem es passiert war, bereits beruhigen sollen. Wäre sie wirklich schockiert gewesen, wäre sie wohl kaum ruhig sitzengeblieben. Irgendwie glaubte er seinen Wahrnehmungen immer noch nicht so recht. Hatte es nicht so ausgesehen, als habe es ihr sogar Spaß gemacht, sich einzunässen? Wie dem auch sei, sie nahm es ihm nicht übel und das allein zählte. Obwohl, damit hätte er ohne es zu wollen, eine Grenze erreicht haben können.

Er konnte sich nicht helfen, aber sie hatte unglaublich sexy auf ihn in ihrem nassen Rock gewirkt. Gerne hätte er mit ihr gevögelt, so wie sie war in ihren nassen Sachen.

Nein, an etwas anderes denken, bremste er sich, als er spürte, wie seine Jeans enger zu werden begann, so weit sind wir nicht.

Er konzentrierte sich erfolgreich auf etwas anderes und als der Tee fertig war, konnte er bedenkenlos zu ihr gehen.

Während der halben Stunde, die sie noch blieb, redeten sie über alles Mögliche und mieden selbst die kleinste Andeutung, die mit dem zuvor Geschehenen in Verbindung gebracht werden konnte.

Als sie ihn verließ, hatte sie ihre in seinem Waschbecken eingeweichten Kleider tatsächlich und nicht absichtlich vergessen.

Zu Hause ließ sie sich sofort angezogen aufs Bett fallen und wie üblich den Nachmittag Revue passieren. Sie atmete tief durch. Das war mit Abstand der beste gewesen, vielleicht weil er gänzlich anders verlaufen war als er es geplant hatte. Mit jedem Bild, das sie sich ins Gedächtnis rief, stieg ihre Erregung. Ihre Hand befand sich längst unter dem Rock und massierte ihre diesmal vom Lustnektar feuchte Liebesmuschel. Immer wieder stellte sie sich vor, wie sie auf dem Stuhl saß, immer in leichten Variationen. Zum Schluß saß sie in einem eleganten langen schulterfreien tiefdekolletierten Kleid aus blauem Satin, mit nichts darunter als ihrer Haut, einem schweren Parfum und Riemchensandaletten mit turmhohen Absätzen aus schwarzem Lack, die Hände auf dem

Rücken am Stuhl gefesselt, unmöglich sich zu bewegen mit einem unglaublichen Druck auf der Blase, dem sie nicht mehr standhalten konnte. Es lag nicht an ihr, die Natur war stärker. Als diese ihr Recht einforderte, sie das schöne Kleid langsam einnäßte, hatte sie einen unglaublich intensiven Orgasmus.

Ohne daß beide es voneinander wußten, kam er fast im selben Moment, mit beinahe der gleichen Fantasie, nur daß sie bei ihm kein verführerisches Abendkleid, sondern ein modisches rotchangierendes Kostüm aus ähnlichem Stoff trug.

7.

Nach diesem ›Malheur‹, das Rüdiger im Nachhinein peinlicher erschien, als es für Ulla in Wahrheit war, beschränkte er sich darauf, sie mit nacktem Hintern auf dem Stuhl sitzen und auf ihren höchsten Absätzen, die Hände hinter dem Rücken gefesselt, die ganze Zeit über stehenzulassen, was sie ganz schön enttäuschte. Aber vielleicht war sie auch nur zu verwöhnt. Anstrengend und anregend zugleich war es auf jeden Fall. Sie mußte sich gedulden. Ihm konnte schließlich nicht immer etwas Neues einfallen.

»Was machen wir heute?« fragte sie unternehmungslustig, als Rüdiger die Tür hinter ihr geschlossen hatte.

Das ›Malheur‹ lag fast zwei Wochen zurück und beide schienen kaum noch daran zu denken.

»Eine schriftliche Prüfung. Ich möchte wissen, wieviel du behalten hast und was wir noch vertiefen müssen«, sagte er, als ginge es nur darum.

Während sie angestrengt über seinen Fragen saß und sich bemühte, sie so gut wie möglich zu beantworten, hielt er sich im Hintergrund und beobachtete sie.

Sie saß kerzengerade auf ihrem Stuhl, die Beine zusammenstehend, nur den Nacken leicht nach vorne gebeugt. Sie arbeitete konzentriert und nahm seine Fragen ernst wie eine richtige Prüfung. Er hatte sich mit der Zusammenstellung Mühe gegeben. Es waren leichte, aber auch sehr schwierige Fragen darunter. Manche schien sie ohne langes Nachdenken beantworten zu können, schrieb die Antworten sicher und schnell nieder, über anderen saß sie einige Minuten, setzte mehrmals den Stift an und schrieb dann doch nichts. Das durch das Fenster hereindringende warme Abendlicht überzog ihre braunen Locken, die sie im Nacken mit einer breiten Schleife aus schwarzem Samt zusammengebunden hatte, mit einem rötlichen Schimmer. Je länger er den Blick auf ihrem Haar ruhen ließ, desto stärker wurde in ihm das Bedürfnis, es zwischen den Fingern hindurchgleiten zu lassen. Und wieder gab er dem Wunsch nicht nach.

Die dreiviertel Stunde erschien ihr länger als ihm. Es war Zeit genug, alles in Ruhe zu beantworten.

»So, die Zeit ist um«, erklärte er entschlossen.

Ohne jeden Widerspruch, ohne überhaupt den Versuch zu wagen, noch um eine oder zwei Minuten zu bitten – sie war noch mitten im Schreiben – setzte sie den Stift ab, legte ihn hin und die Blätter ordentlich zusammen.

Er warf kurz einen Blick darauf und nahm sie an sich.

»Du stellst dich jetzt mit dem Gesicht zur Wand in die Ecke neben dem Fenster.«

Sie stand wortlos ohne eine Miene zu verziehen und mit demütig gesengtem Blick auf und ging in die bezeichnete Ecke.

»Knie durchgedrückt, Beine zusammen, die Hände auf dem Rücken, den Bauch rein und die Brust raus. Du rührst dich erst, wenn ich es dir sage.« Seine Blicke ruhten genießerisch auf ihrer Rückfront.

Mit einem lautlosen Seufzer der Sehnsucht nach dieser Schönheit und weil er sich seit dem ›Malheur‹ vor der Macht, die er offenkundig über sie besaß, die sie ihm übertragen hatte, etwas fürchtete, setzte er sich auf den Stuhl. Der Sitz war noch warm von ihr. Es war angenehm und als er sich daran erinnerte, wie sie die Sitzfläche vor zwei Wochen mit ihrem Urin getränkt hatte, sozusagen mit einer Duftmarke versehen – wenn auch einer reichlich großen – durchlief ihn ein wohliger Schauer. Wälzten sich Bären während der Brunft nicht auch im Urin von Bärinnen? Waren Menschen wirklich anders? Langsam verstand er dieses Verhalten. Doch bevor er diesem Gedanken verfallen konnte, riß er sich zusammen und machte sich daran, die Richtigkeit ihrer Antworten zu überprüfen. Schnell sah er, daß sie die Mehrzahl korrekt beantwortet hatte, darunter fast alle schweren. Bei einigen leichten hatte sie grob gepatzt.

Währenddessen stand sie brav, nicht einen Muskel rührend, aufrecht in der Ecke, sah die Wand an und sah sie doch nicht. Sie wußte, daß nicht alle Antworten richtig waren, abgesehen von den Fragen, die sie absichtlich falsch beantwortet hatte. Sie hoffte, daß er sich Maßnahmen dafür ausgedacht hatte, die spürbar über eine bloße verbale Richtigstellung hinausgingen und noch mehr hoffte sie, daß ihm die bewußt falschen Antworten nicht als solche auffielen.

Er ließ sie, obwohl er die wenigen Blätter schnell korrigiert hatte, fast eine halbe Stunde in der Ecke stehen. Er bewunderte ihre Ausdauer. Sie hatte sich kein Jota bewegt. Dabei war ihm klar, wie anstrengend es sein mußte, länger als einige Minuten auf ihren hohen Absätzen mit durchgedrückten Knien und geschlossenen Beine unbeweglich dazustehen.

Er stand auf und rückte den Stuhl unnatürlich laut beiseite. Dann hantierte er ebenso auffällig laut mit den Blättern, die er ordentlich auf den Tisch legte, und räumte darüber hinaus alles vom Tisch.

»Dreh dich wieder um«, befahl er mit fester Stimme und so streng wie möglich.

Mit vor Erwartung heftiger klopfendem Herzen wandte sie sich um. Was hatte er vor?

»Stell dich vor den Tisch.«

Sie ging mit vom langen Stehen leicht unsicheren Schritten zum Tisch und blieb ungefähr einen halben Meter davor stehen.

»So und jetzt ziehst du den Rock hoch und den Slip hinunter«, fuhr er mit ruhiger Stimme fort, sie aufmerksam beobachtend.

Sie zögerte nicht einen Moment, seinem Wunsch nachzukommen. Langsam schob sie den engen Rock hoch, bis ihr Hintern unbedeckt war, der blauseidene Hauch von einem Höschen folgte wortlos. Ihr hübsches nacktes Hinterteil präsentierte sich seinem Kennerblick. Die Strumpfhalter ihres Hüfthalters teilten die weiße makellose Haut in zwei Flächen auf.

»Jetzt beugst du dich vor. Arme auf den Tisch.«

Sie folgte fast auf dem Fuß. Ihr war bewußt, welchen Anblick sie ihm bot. Sie fragte sich, was er nun mit ihr machen würde, selbst daß er ihr – salopp gesagt – ›den Arsch fickte‹ kalkulierte sie ein und stellte fest, daß ihr dieser Ort im Augenblick weitaus lieber wäre als die Möse. Obwohl ihre Fantasie sehr lebhaft war, blieb sie von der Realität entfernt, wie sie gleich spüren sollte.

»Nun liest du zuerst die Frage und anschließend deine Antwort laut und deutlich vor und immer brav der Reihe nach.« Er stellte sich seitlich hinter sie.

Sie mußte sich leicht räuspern, denn ihr Hals fühlte sich etwas trocken an, so aufgeregt war sie und zugleich bemüht, es ihm nicht zu zeigen.

Bei der ersten Frage stotterte sie noch leicht. Las aber ihre Antwort bereits flüssig und sicher, weil sie wußte, daß diese richtig war. Auch die zweite war richtig. Bei der dritten war sie nicht sicher, versuchte aber, es nicht zu zeigen. Da von ihm nur ein knappes »Richtig, weiter« kam, ging sie zur nächsten Frage über. Sie war relativ sicher, auch sie richtig beantwortet zu haben. Darum war sie einigermaßen überrascht, daß sein »Richtig, weiter« nicht nur ausblieb, sondern daß sie, kaum sie das letzte Wort ausgesprochen hatte, einen heftigen Schlag auf ihrem nackten Hintern spürte, den er mit der flachen Hand ausgeführt hatte. Sie konnte nicht sagen, was ihr unangenehmer vorkam, das unnatürlich laut im Zimmer widerhallende Klatschen oder der sich einstellende brennende Schmerz auf ihrer rechten Hinterbacke.

»Wie heißt das?« fragte er ruhig.

Sie überlegte und versuchte, ihre Antwort zu korrigieren.

Klatsch! Nicht auf dieselbe Stelle, aber dafür spürte sie das Brennen jetzt auf beiden Seiten.

»Noch mal.« Er war unerbittlich.

Sie überlegte angestrengt.

Klatsch!

Sie hatte doch noch gar nichts gesagt!

»Nicht zögern.«

Wenigstens wußte sie jetzt, wofür *der* war.

»Ich weiß nicht«, sagte sie leise, die Gesäßmuskeln anspannend und den nächsten Schlag erwartend. Doch der blieb aus.

»Weiter«, sagte er nur, als habe er sie nicht gehört.

Die nächste Antwort ging wieder anstandslos durch. Nun kam die erste, die sie absichtlich falsch beantwortet hatte. Noch während sie die Frage langsam mit ihrer angenehmen Stimme vorlas, bemerkte sie eine Veränderung in sich. Unausweichlich würde sie nach dem letzten Wort seine Hand auf ihrer nackten Haut schmerzhaft auftreffen fühlen. Aber das ängstigte sie nicht, im

Gegenteil, sie wollte gar nichts anderes! Sie wollte dieses Brennen fühlen, das sich kurz danach ausbreitete und im Abklingen in ein wunderbar erregendes Gefühl überging, ihre Möse herrlich feucht werden ließ. Sie atmete tief durch, bevor sie die Antwort vorlas. Sie ließ sich jedes falsche Wort förmlich auf der Zunge zergehen, wie ein Gourmet, der weiß, daß sich der Geschmack eines Gerichts so viel besser und nachhaltiger entfalten kann. Er war so darauf konzentriert, beim Verklingen ihres letzten Wortes gezielt ihren hübschen, mittlerweile gleichmäßig leicht geröteten üppigen Po zu treffen, daß er das unerhört sinnliche Timbre in ihrer Stimme nur am Rande wahrnahm und nicht bemerkte, wie sie ihm den Hintern beinahe fordernd entgegenstreckte.

Das letzte Wort sprach sie schon mit geschlossenen Augen, damit sie durch keinen visuellen Reiz abgelenkt wurde. Sie biß sich auf die Lippen, um einen aufkeimenden Seufzer des Wohlbefindens zu unterdrücken. Sie glaubte, sehen zu können, wie er zum Schlag ausholte, wie seine Hand übergroß durch die Luft wie in Zeitlupe flog, um dann mit einem lauten Klatschen auf ihrer ungeschützten Haut zu landen.

Als seine Hand tatsächlich auf ihrem Hintern landete, glaubte sie, förmlich vor Lust vergehen zu müssen. Es brannte nicht mehr, es war ein Genuß!

Ja, schlag mich, dachte sie lustvoll, schlag mich, ich habe es hundertmal verdient. Mach mit mir, was du willst, nur sei hübsch grausam!

Wie befohlen versuchte sie zu korrigieren, aber sie dachte nicht daran, sofort die richtige Antwort zu geben. Ja, sie machte sich nicht einmal mehr die Mühe, den Anschein zu wahren, eine richtige Antwort zu geben. Ihr war es gleich, ob er es merkte, er sollte nur ein weiteres Mal seine unbarmherzige Hand auf ihrem Hintern landen lassen.

Er bemerkte sofort, daß sie absichtlich falsch antwortete. Aber es machte ihm nichts aus. Denn es bereitete ihm ebensoviel Lust, ihren hübschen Hintern mit seiner flachen Hand zu bearbeiten. Weil sie die Mehrzahl der Fragen richtig beantwortet hatte, sah er ihr die absichtlich falschen nach, die letztlich auch eine Bestätigung dafür waren, daß sie es verstanden hatte.

Am Ende der Prozedur war ihr Hintern von einem ursprünglich makellosen Weiß in ein nicht weniger ansehnliches Rot gewechselt. Ihre Haut glühte förmlich. Er glaubte die hindurchströmende

Wärme sehen zu können. So schön es auch gewesen war, er war froh, daß sie fertig waren, denn ihm brannte die Handfläche mindestens ebenso wie ihr der Hintern.

Ihr standen Tränen in den Augen, Tränen des Schmerzes aber noch mehr Tränen der Lust. Ihr Herz raste, ihre Haut glühte nicht nur auf ihrem Hintern. Ihre Knie zitterten und sie glaubte, daß ihr der Lustnektar bereits an den Beinen hinunterlaufen müsse. So naß war sie schon lange nicht mehr geworden. Sie wußte ja nicht, daß allein seine Schläge ihre Liebesmuschel zum Überfließen gebracht hatten, unabhängig von der Lust, die sie dabei empfand.

Ihre Unterlippe hatte sie fast blutig gebissen, damit ihr keine Lustseufzer entfuhren. Wie gut, daß sie sich mit den Armen hatte aufstützen können.

Wenn du mir jetzt etwas Gutes tun willst, steckst du deinen geilen Schwanz in meine nasse Fotze und fickst mich genüßlich durch, dachte sie fast flehentlich und bemühte sich möglichst einladend mit dem Hintern zu wackeln.

»Du kannst Slip und Rock wieder hochziehen und deine Sachen einschließlich deiner Fragen zusammenpacken. Wir sind fertig für heute. Beim nächsten Mal gehen wir die falschen Antworten noch einmal durch.«

Er sagte es so ruhig und voller Distanz, daß es ihr wie ein scharfer Stich durch den Körper lief.

Du kannst mich in diesem Zustand doch nicht nach Hause schicken, dachte sie flehentlich. Wir müssen das doch zu Ende bringen! Bitte, fick' mich!

Doch sagte sie nichts und folgte brav seinen Anweisungen, ihre Enttäuschung unterdrückend.

Dabei schickte er sie aus demselben Grund nach Hause, aus dem sie noch gerne geblieben wäre. Er hätte nichts lieber getan als sie gevögelt. Aber so weit waren sie noch nicht. Sie hatten ihr Ziel noch nicht erreicht. So gerne er ihren geschundenen Hintern mit Küssen bedeckt und mit seiner Zunge gekühlt hätte, so sehr fürchtete er, daß es das Machtgefälle zwischen ihnen zerstörte, sie sich nicht mehr richtig auf ihre Prüfung konzentrierte. Dabei sprach das Ergebnis dieses kleinen Tests eine eindeutige Sprache. Wertete man die bewußt falschen Antworten als richtige, brauchte sie ihn nicht mehr. Sie war längst soweit, die Prüfung auf jeden Fall zu bestehen, wenn auch noch nicht mit Bravour. Doch war das für sie überhaupt wichtig? Ihr genügte das Bestehen der Prüfung an sich.

Enttäuscht und doch im Bewußtsein, daß es vielleicht gut so war, verließ sie ihn mit einer herzlichen aber kurzen, ihre Enttäuschung ausdrückenden Umarmung.

Kaum hatte er die Tür hinter ihr geschlossen, lehnte er sich mit dem Rücken daran, schloß die Augen und lauschte auf ihre im Treppenhaus verhallenden nachdenklich wirkenden Schritte.

Auf was hatten sie sich da nur eingelassen?

Für unangebrachte Selbstzweifel war es zu spät. Er war froh über die absichtlichen Patzer, die ihm zeigten, daß auch diese Maßnahme richtig gewesen war. Es war ihm wichtig, daß seine ›Strafmaßnahmen‹ ihr Vergnügen bereiteten. Auch wenn sie versucht hatte, es möglichst nicht zu zeigen, hatte er mehr als deutlich gesehen, wie sie es genossen hatte, was wiederum seinen eigenen Genuß gesteigert hatte.

Er atmete tief durch und ging ins Bad. Er brauchte unbedingt eine – kalte – Dusche.

Ulla konnte nicht sagen, wie sie nach Hause gekommen war. Als erstes besah sie den nackten Hintern im Spiegel. Sie war erstaunt, wie gerötet er tatsächlich war und daß er noch immer brannte. Aber es war ein wunderbares Brennen, ein Liebkosen, wie es sanftes Streicheln nicht hätte besser erzeugen können. Es kribbelte überall und ganz besonders zwischen den Beinen. Noch im Stehen vor dem Spiegel halb an die Wand gelehnt verschaffte sie sich mit der Rechten Erleichterung, während sie mit der Linken den Rock hochhielt, so daß sie die Rötung im Spiegel ungehindert sehen konnte.

Sitzen konnte sie an diesem Abend und auch am nächsten Tag nur auf einem weichen Kissen. Aber es war wundervoll.

8.

Schwarzer Mini, High Heels, Nylons, durchsichtige Bluse, keine Dessous außer notwendiger Hüfthalter, laute Rüdigers SMS.

Ob sie in einem Monat die Prüfung machen konnte, ohne sich beim Niederschreiben der Antworten lustvoll vorzustellen, wie ihr für jede falsche Antwort der nackte Po versohlt würde? Sie konnte kaum noch an irgendeinen Baustoff denken, ohne von einem wohligen Gefühl durchströmt zu werden, einem sinnlichen Kribbeln von den Zehen bis in die Haarspitzen.

Auch jetzt beim bloßen Lesen der SMS und der Imaginierung dessen, was er ihrer Meinung nach plante, konnte sie nicht umhin, einen Moment die Augen zu schließen und ein leises wohliges Schnurren von sich zu gehen.

Kaum hatte dieses ihren hübschen Mund verlassen, wurde ihr bewußt, daß sie nicht allein zu Hause war, sondern sich mitten auf einer belebten Geschäftsstraße befand. Vorsichtig sah sie sich um. Nein, es war keinem aufgefallen. Die Aufmerksamkeit der meisten galt ausschließlich diesem schönen Sommertag.

Sie las die SMS noch einmal.

Welche Bluse er meinte, war klar. Sie besaß nur eine, deren Stoff so dünn wie ihre geliebten Nylons war. Vor zwei oder drei Wochen hatte sie diese getragen, während sie bei ihm war, sie war sicher, daß sie ihm gefallen würde, natürlich mit einem schwarzen BH darunter. Noch offener wollte sie ihn nicht ›provozieren‹.

Ob ihm da diese Idee gekommen war?

Letztlich war das nebensächlich.

Nur, welcher Rock? Sie konnte sich nicht erinnern, in seiner Gegenwart jemals einen schwarzen Mini getragen zu haben, und die beiden schwarzen Röcke, die sie besaß, einer aus Leder, waren nicht sonderlich kurz.

Derart in Gedanken versunken, lief sie an jener Lederbekleidungsboutique vorbei, vor der sie gewöhnlich einen Moment stehen blieb. Sie führten zu schicke Sachen. Eine enge Hose, die ihre breiten Hüften noch etwas üppiger wirken ließ und deren Reißverschluß, ohne daß es zu sehen war, durch den halben Schritt verlief, und zwei enge knielange Röcke aus handschuhweichem Leder, waren das einzige, was sie sich bisher gegönnt hatte, da sie Lederbekleidung als etwas zu extravagant für eine Vorlesungen besuchende Studentin ansah. Außerhalb der Uni gab es derzeit nicht so viele Gelegenheiten, sie zu tragen.

Sie war kaum zwei Schritte am Schaufenster vorbei, da blieb sie wie angewurzelt stehen, so plötzlich, daß ein älterer Herr, der hinter ihr ging, fast gegen sie gelaufen wäre. Er war so verdutzt, daß er nicht daran dachte zu protestieren. Sie dagegen bemerkte ihn nicht einmal.

Das kam wie gerufen! Ihr Blick klebte förmlich an dem schwarzen Ledermini, der etwas weiter hinten im Schaufenster lag. Für einen Gürtel zu breit und für einen Rock zu kurz, fiel ihr spontan ein Spruch ein, den sie irgendwann irgendwo aufgelesen hatte. Alltagstauglich war etwas anderes. Aber dafür war der Rock nicht gedacht. Schließlich führten sie auch Lederbekleidung für ›besondere‹ Gelegenheiten.

Ihr Entschluß stand fest. Der mußte es sein. An den hatte er sicherlich gedacht. Das würde ihm gefallen und ihr damit auch – oder war es umgekehrt? Wie dem auch sei, jetzt war nicht die Zeit für Wortklaubereien.

Wenige Minuten später war sie um einen stattlichen Betrag für so wenig Material ärmer und um ein außergewöhnliches Kleidungsstück reicher.

Du gehst selbstverständlich ohne Jacke, kam eine zweite SMS, kaum daß sie die Boutique verlassen hatte.

Erst jetzt wurde ihr bewußt, daß sie so gekleidet über die Straße gehen mußte, um zu ihm zu gelangen. Ihre Vorfreude erhielt einen gewaltigen Dämpfer, als sie sich plastisch ausmalte, wie sie in diesem Nichts von einer Bluse, die ihre schönen vollen Brüste deutlich sehen ließ und dem Rock, der kaum ihren Hintern bedeckte, den gaffenden Blicken der vorbeigehenden Passanten ausgeliefert war. Sie zeigte ihren Körper gerne, aber bitte nur mit modisch ansprechender, körperbetonter Kleidung verhüllt. Wenn *er* sich an ihrem Anblick aufgeilte, war das in Ordnung und auch erwünscht, aber anderen stand *das* Privileg nicht zu.

Doch wie all die Male zuvor dachte sie nicht einen Moment daran, sich ihm zu verweigern. Dabei verlangte er fortwährend Dinge von ihr, die sie früher nicht ohne zuvor nach dem Grund zu fragen, getan hätte, vorausgesetzt, sie wären überhaupt an sie herangetragen worden – die meisten Männer waren ja unglaublich einfallslos! Sie beschäftigte einzig, wie sie die Aufgabe möglichst ohne allzu auffällig begafft zu werden lösen konnte.

Und schmink dich schön sinnlich, lautete die dritte SMS, während sie bereits auf die Straßenbahn wartete.

Das war nun wirklich überflüssig! Als ob sie ihm jemals anders gegenübergetreten wäre!

Also gut, ich werde das alles machen und ich werde mich so

aufregend schminken, daß dir die Augen aus dem Kopf fallen und dir vor Geilheit der Geifer aus dem Mund tropft, aber dafür wirst du mir diesmal unwiderruflich die Gegenleistung erbringen, die du mir bisher verweigert hast, dachte sie mit beinahe grimmig entschlossenem Blick, so daß ein neben ihr stehender Mann mittleren Alters, dem ihr Blick zufällig begegnete, unwillkürlich und schuldbewußt einen Schritt zur Seite trat.

Zu Hause zog sie sich mit vor Aufregung klopfendem Herzen sogleich um. Der Rocksaum ließ die Säume ihrer Nylons sehen. Sie kürzte die Clips an ihrem schwarzen Hüfthalter so weit, wie es möglich war, damit die Strumpfsäume so hoch als möglich waren. Zum ersten Mal in ihrem Leben ärgerte sie sich, daß ihre Beine so lang und echte Nylons so wenig dehnbar waren, denn sie bekam deren Säume nicht so hoch, wie sie gewünscht hätte. Mit einem Achselzucken fügte sie sich in ihr ›Schicksal‹.

Sie fuhr sich mit einem tiefroten Lippenstift mehrmals über die vollen Lippen, die somit noch üppiger als sonst wirkten. Dann begutachtete sie sich im Spiegel. Also, das war schon mehr als sinnlich – das war *über*-sinnlich. Stand ihr nicht schlecht, obwohl sie ja fand, daß sie mit dem Kajalstift etwas übertrieben hatte, erinnerte fast schon an Ringe unter den Augen. Trotzdem, ihre langen dunklen weichen Locken entschärften es auch etwas. Nur die Bluse enthüllte einfach zuviel. Dabei war sie hochgeschlossen. War ihr Busen wirklich derart mütterlich? Ihre Körbchengröße war nicht für zierliche Frauen gemacht, das stand fest. Oder kam es ihr nur so vor, weil sie quasi nackt war?

Sie konnte sich nicht helfen, aber in Verbindung mit den turmhohen Absätze ihrer schwarzen Riemchensandaletten, hatte sie unübersehbar etwas von einer durchschnittlichen Bordsteinschwalbe an sich.

Es sollte sie wundern, wenn er diese Möglichkeit nicht in Erwägung gezogen hatte.

Sie atmete tief durch und wandte sich von ihrem Spiegelbild ab. Sie versuchte den Zwiespalt aufzulösen, sich einerseits für ihn nicht verführerisch genug herrichten zu können, um die gestellte Aufgabe so gut wie nur irgend möglich zu erfüllen, andererseits konnte sie die Furcht nicht abgelegen, daß man ihr auf der Straße nicht nur nachgaffen, sondern sie womöglich für Was-für-eine halten könnte. Aufmerksame Blicke war sie gewohnt. Doch ihr Exhibitionismus war nicht so stark, das hier mit Nonchalance zu meistern. Dabei gehörte es zu ihren liebsten Fantasien, eine Prostituierte zu sein, wenn auch ein hochpreisiges Callgirl statt einer typischen Bordsteinschwalbe. Eine Zeitlang hatte sie tatsächlich mit dem Gedanken gespielt, gelegentlich im Escort zu arbeiten. Sie hatte es aber mehrmals verworfen, in erster Linie aus Angst dabei irgend jemand zu begegnen mit dem ihr Vater in Geschäftsbeziehungen stand, ohne dabei zu bedenken, daß dieser es tunlichst vermeiden würde, damit hausieren zu gehen, der Tochter eines Geschäftsfreundes eine stattliche Summer für sexuelle Dienstleistungen gegeben zu haben.

Es half nichts, er erwartete sie und sie wollte auch nichts lieber als seine Gegenwart. Nur lag zwischen dem Hier und Jetzt und ihrem Ziel ein fünfzehnminütiger ›Spießrutenlauf‹.

Entschlossen, es hinter sich zu bringen, schnappte sie sich ihre große lederne schon etwas ausgebeulte Umhängetasche und verließ ihre kleine Wohnung.

Im Treppenhaus und auf den ersten Metern auf der Straße begegnete ihr niemand. So wirklich beruhigte sie das nicht. Sie spürte, wie ihre Handflächen feucht wurden, ihr die Knie zitterten und sich mehr Schweiß auf ihrer Stirn sammelte, als allein von den sommerlichen Temperaturen herrühren konnte.

Sie fühlte sich bereits beobachtet, obwohl sie niemand in ihrer Nähe entdecken konnte.

Sie atmete bei jedem Schritt tief durch und versuchte an etwas anderes zu denken. Noch war ihr ja keiner begegnet. Sie wußte, daß es nicht so bleiben würde. Dafür war das Viertel zu belebt.

Wie der Zufall es wollte, bogen just in diesem Moment zwei Halbwüchsige in diesen unvermeidlichen Hosen, bei denen der Hosenboden auf Höhe der Kniekehlen sitzt und die Baseballmützen verkehrt herum auf den kurzen gegeelten Haaren um die Ecke. Die beiden entdeckten sie fast ebenso schnell wie sie diese. Sie bekamen auch sogleich Stielaugen. Sich gegenseitig anstoßend, auf sie aufmerksam machend, kamen sie ihr entgegen. Sie sagten nichts. Aber ihre Blicke waren beredt genug.

Ulla fühlte sich davon mehr genervt als unwohl, was es nicht besser werden ließ. Aber für etwas anderes waren die beiden noch zu jung.

Während sie an ihr vorbeigingen, wichen sie schüchtern ihrem Blick aus.

Überstanden, durchfuhr es sie erleichtert, als sie an ihr vorüber waren. Im selben Augenblick, hörte sie einen der Jungen hinter ihr herpfeifen. Das war zuviel!

»Ihr habt wohl noch nie 'ne Frau gesehen«, blaffte sie die Jungen an.

»He, Alte reg dich ab«, sagte der größere von beiden, »wirst doch noch 'nen Spaß verstehen.«

Sein Kumpel machte eine eindeutige Geste, die nichts anderes aussagte, wie »Die aufgedonnerte Tussie spinnt doch.«

Sie erkannte, daß es besser war, sich eine Antwort zu sparen und ging weiter.

»Das war überreagiert. Ruhig bleiben. Deine Nerven sind überreizt. Es wäre ungewöhnlich, würde man(n) sich nicht nach dir umdrehen, so wie du herumläufst. Das waren doch nur zwei Jungen, die vermutlich mehr Scheu vor dir hatten als du vor ihnen«, versuchte sie sich zu beruhigen.

Sie versuchte entspannt und nicht zu schnell weiterzugehen, keine falsche Hast, das wäre auch nicht gut. Sich lieber des schönen warmen Tags erfreuen und die Vorfreude genießen, daß sie bald bei *ihm* war.

Das war leichter gesagt als getan. Die beiden Jungen waren nur der Anfang gewesen. Die Straßen wurden belebter. Fast jeder warf mindestens einen Blick nach ihr, es waren verstohlene und offene, ehrlich bewundernde, gaffende und geifernde. Am meisten ärgerte sie, wenn ein Mann in Begleitung einer hübschen Frau war und ihr nachsah, als wäre er allein. Doch nicht nur Männer sahen sie auf begehrliche Weise an. Mindestens drei Frauen ließen an ihren Gedanken keinen Zweifeln. Niemand machte eine Bemerkung, vermutlich weil zu viele mithören könnten. Ach, wie wichtig war doch all diesen braven Spießern die Meinung der anderen, seufzte sie bissig.

Je länger ihr Weg dauerte und je weniger geschah – genaugenommen passierte gar nichts, die beiden Jungen ließen sich nicht wirklich zählen, ob die meisten ihre transparente Bluse als solche wahrnahmen, war alles andere als offensichtlich – desto sicherer fühlte sie sich. Sie spürte, wie sie ab einem bestimmten Punkt an der Situation, an ihrer Zurschaustellung durch *ihn*, Genuß empfand.

Er stand am Küchenfenster. Von dort ließ sich die Straße am besten überblicken. Er zweifelte kaum, daß sie seinem Wunsch entsprochen hatte. Er war nur gespannt, wie sie es gemeistert hatte.

Am liebsten hätte er sie unauffällig auf ihrem Weg zu ihm beobachtet, aber er hatte diese Idee schnell verworfen, die Gefahr einer Entdeckung wäre zu groß gewesen, und er mußte ja zu Hause sein, sobald sie bei ihm klingelte.

Wenn sie so pünktlich war wie immer, müßte sie jeden Moment in seinem Blickfeld auftauchen.

Da war sie auch schon und wie zielstrebig sie ging! Machte ihr anscheinend nicht viel aus, leicht bekleidet über die Straße zu gehen.

Er war ein bißchen enttäuscht. Er hätte es lieber gesehen, wenn ihr Gang unsicherer gewesen wäre.

Dabei war ihr Schritt erst sicher geworden, als sein Haus in ihr Blickfeld gekommen war. Erleichterung hatte sich in ihr breit gemacht. Nur noch wenige Meter und es war überstanden. Dann würde sie sich ihre Belohnung für all die schönen ›Qualen‹ holen, die er ihr bereitet hatte. Ganz gleich was er sagte, es würde von seiner Seite kein Wollen, sondern einzig ein *Müssen* geben, selbst wenn sie ihn würde festbinden und vergewaltigen müssen. Eine Vorstellung, die ihr einen intensiven wohligen Schauer den Rücken hinunterjagte. Einen Mann zu ›vergewaltigen‹ besaß schon seinen Reiz für sie.

Er zog sich vom Fenster zurück, damit sie ihn nicht entdeckte, sollte sie den Blick heben, bevor sie den Hauseingang betrat.

Obwohl er ihren Weg in Gedanken mitging, erschrak er doch, als es klingelte. Er ließ einige Augenblicke verstreichen, ehe er auf den Türöffner drückte. Sie sollte nicht meinen, daß er auf sie wartend hinter der Tür gestanden hatte.

Er hörte von unten den Summer und wie sie die Tür aufdrückte, darauf ihre schnellen und entschlossenen Schritte die Treppe hinaufkommen. Sie schien zwei Stufen auf einmal zu nehmen. Er atmete tief durch und öffnete die Tür.

Sie hatte seine Anweisungen mehr als erfüllt! An einen so kurzen Rock hatte er gar nicht gedacht. Er hatte sich nicht vorstellen können, daß sie überhaupt einen *derart* kurzen besaß! Aber sie sah hinreißend aus. Und erst ihr Make-up! Himmel! So schön und verführerisch hatte sie noch nie ausgesehen! Daß ihr ein paar Locken in der Stirn klebten, sich dort kleine Schweißperlen zeigten – es war schließlich relativ warm draußen – machte ihre Erscheinung für ihn nur noch anziehender. Alles hatte sie für *ihn* getan!

Wiederholt erschrak er über die Macht, die er über sie besaß, so wie nach dem ›Malheur‹, aber es blieb dennoch ein wunderbares Gefühl.

»Du siehst toll aus«, sagte er und strahlte sie beinahe schüchtern an.

»Spar dir deine halbgaren Komplimente«, fuhr sie ihn scharf an, vom schnellen Treppensteigen noch leicht außer Atem, und ließ ihre große Tasche achtlos zu Boden fallen. Das dumpfe Geräusch ließ ihn zusammenfahren »Ich habe bisher alles getan, was du wolltest. Wirklich ALLES! Ich habe es gerne gemacht. Du hast mir eine neue wunderbare Welt aufgezeigt, aber anscheinend darüber vergessen, daß ich auch noch eine Frau bin. Ich habe mich auf diese Weise wundervoll auf den Stoff konzentrieren können und ich habe es auch gemacht, weil ich wußte, wenn ich zufriedenstellende Leistungen erbringe, bekomme ich mehr davon. Ja, ich habe sogar absichtlich manchmal etwas falsch gemacht, nur um noch einen so wunderbaren Hieb auf meinem nackten Arsch von dir zu bekommen. Ich bin mit Begeisterung vor dir auf allen vieren herumgekrochen und habe mit den Zähnen Karteikarten in die richtige Reihenfolge gebracht. Ebenso habe ich es genossen, nicht aufs Klo zu können, weil du es mir nicht erlaubt hast. Auch als ich mir ins Höschen pißte, weil es nicht mehr ging, habe ich es genossen. Ich hatte meinen Spaß dabei, weil du auch deinen dabei hattest. Daß ich auch noch alles für diese dämliche Baustoffprüfung gelernt habe, ist fast schon unwichtig. Nicht unwichtig ist, daß ich längst so weit bin, diese mit Leichtigkeit zu bestehen und du das auch weißt, wir uns trotzdem immer noch treffen und du dir immer wieder etwas Neues für mich ausdenkst. Gib zu, uns geht es doch längst nur noch um unsere Spiele!«

Sie machte eine Pause vor allem, um Atem zu holen und sah ihn herausfordernd an.

Er hatte ihr aufmerksam und mit etwas Beklemmung zugehört. Sie hatte in *allem* recht. Sie brauchte seine Hilfe längst nicht mehr. Zugleich rutsche ihm das Herz leicht in Richtung Hosentasche. Er befürchtete, daß sie gleich etwas sagen könnte, was ihm nicht gefallen würde, wenngleich es doch eindeutig genug war.

Sie sahen sich an. Herausfordernd stand sie vor ihm, die Arme locker herabhängend, aber unübersehbar handlungsbereit. Ihr Atem ging heftig und ihre üppigen Brüste hoben und senkten sich deutlich. Ihr war warm von der Hitze draußen, aber noch mehr von der Hitze in ihr. Ihre Unterlippe bebte leicht.

»Ich weiß nicht, wie es dir ergeht«, fuhr sie fort, in der Hoffnung nun auf den Punkt kommen zu können, »aber mich hat spätestens das Erlebnis mit dem Einnässen – ganz zu schweigen von deiner herrlichen Gesäßmassage – so heiß gemacht, daß ich mich noch heute frage, wie ich es geschafft, nicht über dich herzufallen. Derart intensiv habe ich schon lange nicht mehr gewichst, als ich wieder zu Hause war. Rüdiger, ich will nur noch Eins: Fick' mich! Du hast mich heiß gemacht, also hast du die verdammte Pflicht, mich auch wieder abzukühlen. Ich kann mir nicht vorstellen, daß du es nicht auch willst.«

Esel, daß du nicht längst selbst darauf gekommen bist. Ihr Körper hat eine deutliche Sprache gesprochen, aber du wolltest das Machtverhältnis nicht stören, hattest Angst, daß sie dich zurückweisen könnte. *So* unsicher bist du doch nicht, daß du nicht merkst, wann eine Frau scharf auf dich ist!

Einen fast endlos langen Augenblick blickten sie sich intensiv an, dann packte er sie hart am Handgelenk und zog sie kraftvoll mit sich zu seinem Bett.

»Das kannst du haben«, sagte er lapidar.

Sie unterdrückte einen kleinen Schmerzensschrei und stolperte hinter ihm her. Sie hatte sich das ein klein wenig anders vorgestellt. Aber sie protestierte nicht. Also gut, mal sehen, was er machen würde.

Da das jetzt geklärt war, es aber auf ihrer Initiative beruhte, wollte er es wenigstens so machen wie bisher; *er* bestimmte, *wie* es vor sich ging, *sie* hatte zu gehorchen.

Er stieß sie aufs Bett, so daß es laut knarzend aufstöhnte und sie fürchtete, daß es gleich zusammenbrechen würde. Aber es hielt und sie lag mitten darauf.

Bevor sie bis drei zählen konnte, hatte er ihr Arme und Beine schon mit breiten Ledermanschetten ans Bett gefesselt. Sie fragte sich nicht, warum er sie griffbereit hatte, warum es so schnell ging, sie ließ ihn gewähren, weil *sie* es wollte, weil sie ihm *vertraute*. Daß er sie nicht auszog, wunderte sie ebensowenig. Dafür entledigte er sich seiner wenigen Kleider und setzte sich neben sie auf die Bettkante.

Mit einem liebevollen und auch triumphierenden Lächeln sah er sie an. Sie lächelte zurück, im Bewußtsein ihr Ziel erreicht zu haben.

Zärtlich begann er sie zu streicheln, sie mit Lippen und Zunge zu verwöhnen. Er umspielte ihre Brustwarzen mit der Zunge durch den dünnen Stoff ihrer Bluse hindurch, machte ihn mit seinem Speichel naß. Biß mehrmals leicht hinein. Sie stöhnte auf, erst vor Schmerz, dann von dem lustvollen Gefühl, dem der Schmerz schon nach kurzer Zeit wich. Es war wie mit den Schlägen auf ihrem Hintern. Er küßte sie auf den Mund, massierte ihr die Lippen mit seinen und fuhr ihr mit der Zunge im Mund herum, als sei es seiner. Er bediente sich ihres Körpers und sie konnte in ihrer Lage nichts anderes machen als genießen. Er verstand es, sie mehrmals bis vor den Höhepunkt zu bringen auf eine Weise, gegen die ihre bisherigen Liebhaber unerfahrene kleine Jungens gewesen waren. Sie war bereits fünfundzwanzig, konnte sich auf Anhieb schon nicht mehr an alle Männer erinnern, mit denen sie seit ihrem vierzehnten Lebensjahr gevögelt hatte, und mußte doch erfahren, wie wenig sie tatsächlich wußte.

Sie fragte sich, was schlimmer war, daß er sie bisher hatte im Regen stehen lassen oder daß er sich jetzt so ausgiebig ihrer annahm? Man konnte jemanden auch mit der Lust foltern. In ihrer Lage blieb ihr keine andere Wahl, als alles über sich ergehen zu lassen.

Entschlossen drang er in sie ein, nachdem er ein Kondom übergestreift hatte, stützte sich mit den Armen ab. Sie lächelte, die Ausbeulung in seinen Jeans hielt ihr Versprechen. Es gelang ihm, sich einen Orgasmus zu verschaffen, ohne daß es ihr kam. Dabei war sie überzeugt gewesen, daß sie bereits nach seinen ersten Stößen kommen müßte. Kaum war er fertig, vergrub er schon wieder seine Zunge in ihrer herrlich nassen Venusmuschel, kurz darauf kam sie unter lautem lustvollen Stöhnen und Keuchen. Er unterbrach seine Liebkosungen nicht und kurz darauf kam es ihr erneut.

Für einen Moment ließ er von ihr ab.

Nein, nur nicht aufhören! Mach weiter!

Er bediente sich erneut an ihr. Fickte sie, als sei sie eine leblose aufblasbare Gummipuppe. Fickte sie durch, als ging es ihm nur darum, in einer schönen jungen, ihm hilflos ausgelieferten Frau zu kommen, ohne daß es ihn interessierte, ob sie auch etwas davon hatte. Er war ihr Herr und das war sein Recht. Was konnte es Schöneres für sie geben?

Er flüsterte ihr ins Ohr, wie sehr ihn ihre breiten Hüften, ihre großen schweren Brüste, ihre ›altmodischen‹ Hüfthalter erregten.

Viel später, als er ihre Fesseln gelöst und sie erschöpft aneinandergekuschelt lagen – man konnte nicht sagen, wer den anderen liebevoller und zärtlicher umarmt hielt – fiel ihr wieder ein, wie sie hierhergekommen war und daß sie auch wieder nach Hause mußte. Abgesehen davon war ihre Bluse durchgeschwitzt und sein Speichel hatte gleichfalls Spuren darauf hinterlassen.

»Scheiße«, entfuhr es ihr.

»Was hast du?« fragte er erschrocken und hörte auf, ihr noch mehr Locken zu drehen, als sie von Natur aus bereits besaß.

»Ich muß doch in diesem Aufzug wieder zurück. Rüdiger, bei aller Liebe und Hingabe, die ich als deine Lustsklavin für dich empfinde, aber ein zweites Mal mache ich das nicht mit.«

»Auch nicht, wenn ich mit dir gehe?« fragte er mit einem schelmischen Grinsen.

Sie schüttelte entschieden den Kopf.

»Ich habe bisher nie Stopp gesagt. Aber in diesem Fall müßte ich es. Du kannst anderes von mir verlangen. Du kannst viel von mir verlangen. Ich ziehe nur zu gerne für dich an, *was* du willst, selbst wenn ich dabei wie eine billige Nutte wirke. Damit du mich nicht falsch verstehst, ich bin nur zu gerne eine billige Nutte, aber nur für einen ganz bestimmten Mann, einen wie *dich*. Aber das habe ich einmal gemacht und das *muß* reichen. Mein Exhibitionismus ist dafür nicht stark genug.«

Er merkte, wie ernst es ihr war, daß hier eine ihrer persönlichen Grenzen lag, die er wohl oder übel akzeptieren mußte, wollte er kein Vertrauen verspielen. Abgesehen davon hatte er nicht vorgehabt, sie so zurückzuschicken.

»Mußt du auch nicht«, beruhigte er sie und ihr fiel sichtlich ein Stein vom Herzen. »Du hast doch immer noch die Sachen hier, die du damals eingenäßt hast.«

Das stimmte! Die hatte sie ganz vergessen. Richtig, sie hatte sie bei ihm im Waschbecken eingeweicht. Dann war er mit den Kleidern seiner Nachbarin gekommen. Die hatte sie angezogen und war wenig später gegangen. Bereits da hatte sie an ihre eigenen Kleider nicht mehr gedacht. Er hatte sie ausgewaschen und behutsam wie einen Schatz in seinem Schrank aufbewahrt, sie immer wieder hervorgeholt und zärtlich darüber gestrichen.

»Dieses eine Mal ziehe ich sie gerne als Ersatz an. Aber dann sollten wir sie besser für den Fall lassen, daß mich das eine oder andere Mal noch so ein ›Malheur‹ ereilen sollte. Es kann immer vorkommen, daß man nicht aufs Klo kann.« Sie grinste breit. Zwar hatte sie ihre eindeutigen Grenzen, aber der Bereich zwischen diesen war ein sehr weites Feld. Außerdem war ein kleines ›Malheur‹ deutlich sinnlicher als seine schöne Lustsklavin aufreizend gekleidet den Blicken der Anderen ausgeliefert durch die Straßen zu schicken, ganz zu schweigen von der etwas lebhafteren Farbgebung, die ihr hübscher Hintern hin und wieder zur Durchblutungsförderung brauchte.

Sie mochte zwar so fit sein, ihre Baustoffprüfung mit Leichtigkeit zu bestehen, aber das hieß nicht, daß sie nicht doch ab und an eine Nachhilfestunde benötigte, und sei es nur in Respekt ihm gegenüber. Gab sie doch ungeniert zu, daß sie absichtlich falsche Antworten gegeben hatte. Da hörte sich doch alles auf! Na warte! Er hatte auch schon eine Idee. Aber nicht jetzt. Jetzt war er zu zufrieden dazu. Er wollte sie nur in seinen Armen spüren, ihren herrlichen Frauenkörper an seinem. Aber das schloß nicht aus, daß er nicht noch einmal Lust hätte, sich mit ihr zu vergnügen.

Er beugte sich über sie, küßte sie zärtlich und seine Rechte bereitete sie entschlossen auf sein Eindringen vor, das bereits sehnsüchtig erwartet wurde.

Evamarias Gummiregenmantel

Die vielleicht dreihundert Meter lange im Bogen verlaufende Gasse mit dem ausgetretenen Pflaster, die sich mit geringer Steigung die kleine Anhöhe hinaufzog, auf der die kleine Stadt erbaut worden war, genoß bereits im Mittelalter einen zweifelhaften Ruf, der ihr bis heute anhaftet, ohne daß selbst alteingesessene Bewohner sagen konnten, worauf dieser sich begründete. Sie hatte sich seitdem nur insofern verändert, als daß alte Häuser neuen gewichen – die jedoch längst wieder alt waren – die Gasse befestigt und an die öffentliche Kanalisation angeschlossen worden war. Das Sonnenlicht drang lediglich am späten Nachmittag und auch nur im Sommer für zwei bis drei Stunden bis auf das Pflaster hinunter. Es gab zwei Werkstätten, die mehr schlecht als recht gingen. Wer hier wohnte, tat es nicht freiwillig, sondern weil es ihn hierher verschlagen hatte und er es nicht mehr schaffte, fortzuziehen.

Ungefähr in der Mitte, relativ nah am Scheitelpunkt lag ein kleines Hotel, strenggenommen eine Absteige, sauber zwar, doch alles andere als heimelig, da es schon vermeintlich bessere Zeiten gesehen zu haben schien. Wer hier ein Zimmer wollte, der nahm es nicht, um zu übernachten, denn Reisende verirrten sich höchst selten in diesen Teil der kleinen Stadt, sondern mietete es stundenweise.

Eine Handvoll Prostituierte ging in der Gasse unbehelligt von Zuhältern ihrem Gewerbe nach; das einzige in dieser Gasse ausgeübte Gewerbe, das sich für die, die es betrieben, einigermaßen bezahlt machte. Lediglich die lokale Verwaltung besaß ein wachsames Auge auf die Gunstgewerblerinnen, was sich jedoch in der Sorge erschöpfte, ob sie die regelmäßigen amtlichen Untersuchungen durchführen ließen und ihre Steuern und übrigen Abgaben ordnungsgemäß entrichteten.

Die Frauen warteten diskret auf Kunden. Jede besaß ihren festen Platz, den die anderen respektierten. Sie waren nicht übertrieben geschminkt, von durchschnittlicher Attraktivität und durchaus adrett zu nennen. Ihre Röcke waren nicht unbedingt kürzer als die herrschende Mode und auch die Oberteile nicht auffälliger ausgeschnitten. Sie unterschieden sich kaum von ›anständigen‹ Bürgersfrauen.

An kalten wie an Regentagen suchten sie in der schummerigen kleinen Kneipe schräg gegenüber dem Stundenhotel Unterschlupf. Dort hatten sie ihren angestammten Bereich, in dem sie auch von Freiern angesprochen werden konnten, jedoch unauffällig, damit die übrigen Gäste, ausnahmslos Bewohner der Gasse, sich nicht belästigt fühlten, die sich ohnehin nie an ihnen stören würden. Die Frauen gehörten für sie zu ihrer Gasse, seit sie sich erinnern konnten, und niemand wäre je unhöflich oder gar herablassend ihnen gegenüber geworden. Man tolerierte sich, aber man suchte auch nicht den Kontakt zueinander, wenn es nicht unbedingt sein mußte. Jede hatte ihre Stamm- und ihre Laufkundschaft; Lehrlinge wie Gymnasiasten, Arbeiter wie Angestellte und hin und wieder auch jemand aus der ›Oberschicht‹ der kleinen Stadt, dem die gepflegten und bodenständigen Frauen dieser Gasse lieber waren als die aufgetakelten und gekünstelt wirkenden in den Bordellen der nahen Großstadt.

Evamaria war wie die Mehrzahl ihrer Kolleginnen eines Tages in der Gasse aufgetaucht und hatte stillschweigend den Platz neben der kleinen Schreinerei eingenommen, die seit Generationen an dieser Stelle ansässig war und bei der es schien, als würde sie keine weitere mehr überleben können, und doch gab es sie noch immer. Da niemand auf diesen Platz, kaum zehn Schritte vom Hotel entfernt, Anspruch erhob, behielt Evamaria ihn.

Erst als sie ihren Platz hatte, wurde sich, und das auch nur kurz, darüber gewundert, warum niemand vor ihr ihn für sich beansprucht hatte, obwohl die schmale Durchfahrt einen guten Schutz vor Regen bot, einen weitaus besseren als die Hauseingänge in deren Nähe die übrigen Frauen ihre Plätze hatten.

Woher Evamaria kam und was sie zuvor gemacht hatte, wußte keiner und interessierte letztlich auch niemanden. Da sie sich von Anfang an in die allgemeinen Gepflogenheiten im Umgang miteinander fügte, wurde sie schnell respektiert. Sie bewohnte ein kleines Zimmer in einer Pension am Rande der kleinen Stadt, die sauber war und wo den Pensionsgästen keine Fragen gestellt wurden, solange sie pünktlich ihre Miete bezahlten und nichts taten, was Vertreter der Ordnungsmacht auf den Plan gerufen hätte.

Altersmäßig lag sie ungefähr in der Mitte ihrer Kolleginnen. Sie war auf besondere Weise die hübscheste; kräftig vom Wuchs wie die meisten; breite Hüften, stämmige Beine, jedoch mit ungewöhnlich schmalen Fesseln, üppige schwere Brüste. Das dunkle, dichte kaum schulterlange Haar wirkte immer leicht ungekämmt, was ihr einen sinnlich verwegenen Ausdruck verschaffte. Sie schminkte sich kaum mehr als notwendig und roch stets nach Lavendelseife. Meist trug sie einen engen knielangen, vom Alter bereits leicht speckigen ungefütterten Lederrock, dessen seitlichen Schlitz sie soweit vergrößert hatte, daß er bei jedem Schritt den Strumpfsaum und einen schmalen Streifen nackter Haut sehen ließ. Zudem besaß sie eine Vorliebe für scheinbar altmodische Strumpfhalter, die aber bei ihren Kunden ankamen und die sie bequemer als die meist knappen neumodischen fand. Auf ihren gepflegten und eleganten, wenn auch leicht ausgetretenen Schuhen mit beinahe turmhohen Absätzen ging sie sicher.

Das Gehen auf hohen Absätzen war für sie ein erotisches Vergnügen. Es bereitete ihr Freude, die Gasse zehn Schritte hinauf und zehn Schritte hinunter zu schreiten, langsam und mit Bedacht einen Fuß vor den anderen zu setzen. Sie mochte das selbstversunkene Schreiten, das leicht scharrende Geräusch der Absätze auf dem alten Straßenpflaster sehr, das nicht wirklich für das Gehen auf hohen Absätzen ideal war. Dabei wiegte sie die Hüften auf eine betörende Weise und mit offener Koketterie. Doch geschah es nicht allein, um Kunden auf sich aufmerksam zu machen, sondern nicht wenig aus Eigenliebe heraus, als wollte sie sich selbst verführen. Mitunter war sie dermaßen selbstversunken, daß es eine Weile dauerte, bis sie bemerkte, wie ein potentieller Kunde sie schon eine geraume Weile genüßlich betrachtete, weil er fasziniert von ihrer Art war, einen Fuß vor den anderen zu setzen und dabei die Hüften zu wiegen, daß er sich nicht traute, sie anzusprechen, bevor sie ihm nicht ihre Aufmerksamkeit zuwandte.

Sie erschrak schon lange nicht mehr, wenn sie aus ihrer Selbstversunkenheit erwachte und sich beobachtet sah, sondern spürte ein eigenartiges Gefühl von Dominanz, wenn sie sah, wie der Mann in ehrfurchtsvoller Distanz dastand und darauf zu warten schien, daß sie ihm ihre Gunst gewährte.

Mit den Jahren hatte sie sich einen Spaß daraus gemacht, den Zeitpunkt absichtlich hinauszuzögern, an dem sie den ergeben wartenden Kunden ihr Wohlwollen schenkte. Sie pflegte den Betreffenden aus den Augenwinkeln heraus zu beobachten und einzuschätzen, wie lange er sich wohl würde hinhalten lassen, bevor er ungeduldig wurde und zu einer ihrer Kolleginnen ging, was nur äußerst selten geschah; war ein Mann von ihr angetan, wollte er sie auch. Die Art und Weise wie der betreffende Mann auf ihren Hintern oder ihre Waden oder Fesseln sah, erlaubte ihr einzuschätzen, ob sie einen Fetischisten oder einen Devoten vor sich hatte, die sich nichts sehnlicher wünschten, als ihr nicht nur im übertragenen Sinn zu Füßen zu liegen.

Sie besaß schöne Füße, das beteuerten nicht nur ihre Kunden, sondern hatte ihr vor Jahren ein Orthopäde bestätigt, von dem sie sich wegen einer, im Grunde harmlosen, Verstauchung hatte behandeln lassen. Die Art, wie er es gesagt hatte, hatte mehr nach einem Liebhaber schöner Füße als dem Arzt geklungen. Aber gerade darum wog sein Urteil doppelt.

Sie widmete jeden Abend, sobald sie wieder in ihrer Pension war und gegessen hatte, mindestens eine Stunde der Fußpflege. Sie dankten es ihr, in dem sie sie beinahe mühelos den Tag über in der kleinen Gasse trugen.

Sie entschied erst, wozu sie bereit war, wenn ein Kunde sie ansprach. Selbstverständlich erfüllte sie die üblichen Wünsche wie ihre Kolleginnen. Sie wäre nie auf die Idee gekommen, es ohne Kondom zu machen. Selbst wenn ein Kunde es vorschlug, ihr sogar einen spürbar höheren Preis anbot, ließ sie sich nicht darauf ein. Niemand von ihnen machte es ohne, das war ein ungeschriebenes Gesetz. Meist erklärte sie mit einem leicht verschmitzten Lächeln, daß ein Kondom sie sexuell stark errege, ganz gleich, ob in der Möse oder im Mund. Das half immer, denn eine Professionelle, die dabei wirklich erregt wurde und deren Lustgeräusche womöglich nicht oder nur wenig gespielt waren, wog das Benutzen eines Kondoms vollkommen auf. Wirklich in sich hinschmunzeln ließ sie, daß es zu einem großen Teil der Wahrheit entsprach; das Haptische, der Geschmack, der Geruch der dünnen Gummihäutchen wirkte auf sie betörend.

Sie konnte nicht sagen, ob sie die Fetischisten oder die Devoten bevorzugte. Es gab Fetischisten, die begnügten sich damit, ihr die bestrumpften Füße zu massieren, einige beherrschten es dermaßen gut, daß sie mitunter das Bedürfnis verspürte, sie dafür zu bezahlen.

Andere fühlten sich von ihrem üppigen Hintern angezogen,

über dem sich ihr Lederrock verlockend spannte. Hatte sie einen solchen Kunden vor sich, wiegte sie die Hüften dermaßen lasziv, daß dem Betreffenden buchstäblich der Atem stockte und er es kaum erwarten konnte, ihren in Leder verhüllten Hintern nicht nur mit Küssen zu bedecken. War sie mit einem solchen auf dem Zimmer, stellte sie sich vorgebeugt, mit leicht gespreizten Beinen und sich mit den Armen auf einen Stuhl aufstützend, vor ihn und streckte ihm wollüstig den Hintern entgegen. Ob er ihr ihn nun mit Küssen bedeckte, ihn massierte, mit den Händen zärtlich über das weiche Leder strich, sich an ihm rieb oder solange hinter ihr stehend onanierte, bis er sich über ihren Lederrock entleerte und manchmal sogar anschließend sein Sperma genüßlich darauf verrieb, war ihr im Grunde einerlei, sie fand nichts Ungewöhnliches an den Wünschen ihrer Fetischisten und ihrer Devoten.

Mit der Zeit überwogen die Fetischisten und die Devoten unter ihren Kunden, was ihr ganz recht und lieber war als die ›Normalen‹, die lediglich eine schnelle Nummer oder einen geblasen oder einen heruntergeholt haben wollten. Bei ihnen war oft alles dermaßen geschäftsmäßig, der Wunsch beherrschend, es so schnell als möglich hinter sich zu bringen, um dann zur Tagesordnung überzugehen, daß sie beinahe Mitleid mit ihnen bekam, weil sie offenkundig nicht zu genießen verstanden.

Auch wenn es mitunter so aussehen mochte, als seien gerade die Fetischisten nur an ihrem Lederrock, ihren Füßen, ihren Strümpfen, ihren Schuhen oder ihren Stiefeln, wenn sie hin und wieder und nicht nur an kalten Tagen welche trug, interessiert und nicht auch etwas an ihr selbst, so nahmen diese sie stärker als Frau wahr als die sogenannten ›Normalen‹. Im Grunde verband sie viel mit ihnen, letztlich war sie auch eine Leder-, Fuß- und Schuhfetischistin, wie sie sich hin und wieder halb im Scherz und halb im Ernst eingestand.

Spürte sie, wie der Schwanz eines Kunden anschwoll, sobald sie ihm den Fuß, ob mit oder ohne Schuh darauf setzte, lief auch ihr ein elektrisierendes Kribbeln durch den Körper. Brachte sie ihn mit den Füßen zum Höhepunkt und sah sie, wie er sich ins Kondom entleerte – sie bestand auch hier auf den Gebrauch eines Kondoms, da sie wenig Lust verspürte, anschließend die Strümpfe wechseln zu müssen, obwohl sie im Grunde die Vorstellung, wie das Sperma vom zarten Stoff aufgesogen wurde, anregend fand, doch mußte es von einem Mann sein, zu dem sie sich hingezogen fühlte – spürte sie, wie sie naß wurde und sich in ihrem Schoß ein wundervolles Kribbeln breitmachte.

Mit ihren Devoten war es ähnlich. Sie mochte es, lagen sie ihr zu Füßen, ließen sich von ihr ›niedermachen‹. Erwies der Betreffende sich als besonders ›folgsam‹, erlaubte sie ihm sogar, sie mit dem Mund zum Höhepunkt zu bringen, was dieser oft meisterlich beherrschte. Dann schämte sie sich fast, dafür Geld zu nehmen, aber nur fast, denn kaum war ihr Orgasmus verklungen, gewann ihr Geschäftssinn wieder die Oberhand, wodurch sie ihren Orgasmus erst wirklich und ohne Schuldgefühle genießen und die Distanz zu ihrem Kunden bewahren konnte.

Die Wünsche ihrer Fetischisten und Devoten nahmen sich vergleichsweise bescheiden aus. Wer das wirklich ›Ausgefallene‹ suchte, der besuchte in der nahegelegenen Großstadt ein Studio.

So angenehm es an kalten Tagen auch war, sich in der kleinen Kneipe aufzuhalten, so ärgerte sie es, an Regentagen außerhalb des Winters dort das Ende des Regens abzuwarten. Sie mochte den Regen auf eine eigene Weise. Nicht den heftigen Guß, der einen binnen weniger Minuten bis auf die Haut durchnäßte, sondern den leichten, den Landregen, der einen ganzen Tag ohne Pause niedergehen konnte. An ihrem Platz stand sie zwar recht gut geschützt. Doch irgendwann war jeder Mantel durchnäßt und mit einem Schirm herumzustehen war auch nicht das Wahre. Dagegen störten nasse Füße sie nicht, im Gegenteil, nicht selten schritt sie absichtlich durch die Pfützen, die sich im unregelmäßigen Pflaster gebildet hatten. Einige ihrer Fetischisten mochten es, ihr die regennassen Füße zu massieren.

Ein gewöhnlicher Plastikregenmantel fand auch nicht ihren Zuspruch, er war nicht unbedingt etwas, das viele Kunden anlockte. Eine Zeitlang hatte sie mit dem Gedanken gespielt, sich einen schwarzen Lackmantel zuzulegen, aber der schien ihr wiederum zu chic für diese Gasse.

Ein Besuch bei einer entfernten Tante in der nahegelegenen Großstadt, die in ihrer Jugend dem gleichen Gewerbe nachgegangen war, jedoch nicht auf der Straße, sondern in einem der ersten Häuser der Stadt, bevor sie einen erfolgreichen deutlich älteren Notar geheiratet hatte, der bereits vor mehreren Jahren verstorben war, löste ihr ›Problem‹.

Sie half der Tante beim Aufräumen des Kleiderschranks, die regelmäßig Kleider an wohltätige Einrichtungen gab, die sie entweder nicht mehr brauchte oder die nicht mehr modern waren oder die sie aus anderen Gründen nicht mehr trug. Dabei fielen ihr zwei dunkelgraue Regenmäntel aus leichtem gummierten Stoff auf, die zwar alt aber sehr gepflegt waren. Die Tante hatte ihr Interesse bemerkt und erzählte von einem Schmunzeln begleitet, daß diese Mäntel nicht nur bestens vor Regen schützten, sondern sie während ihrer ›aktiven‹ Zeit einige Kunden gehabt hatte, die sich von diesen Mänteln erotisch besonders angezogen gefühlt hatten und deswegen zu ihr gekommen waren, weil sie ihn ›dabei‹ anbehalten oder angezogen hatte. Sie habe sie in erster Linie aus Sentimentalität aufbewahrt und sich bisher nicht von ihnen trennen können, wobei sie keinen Zweifel daran ließ, daß ihr verstorbener Mann einer dieser Kunden gewesen war.

Das Leuchten in Evamarias Augen, während sie mit den Händen beinahe zärtlich über die seidige Oberfläche der Mäntel strich, ließ es der Tante leichtfallen, sie zu fragen, ob sie die Mäntel haben wolle. Evamaria, die sich in erster Linie für die Mäntel als Witterungsschutz interessierte – zumindest redete sie sich das ein, obwohl für sie bereits feststand, daß sie sie auch ›dabei‹ tragen würde, sobald einer ihrer Kunden es wünschte – nahm das Geschenk nur zu gerne an.

Wenige Tage darauf bot sich die erste Gelegenheit, einen der Mäntel während der Arbeit zu tragen. Obwohl der Frühling bereits in vollem Gang war, ließ das Wetter wenig davon spüren. Es war zwar nicht ausgesprochen kühl, aber es regnete häufiger, als es wünschenswert wäre.

Ein ausgiebiger Landregen ging nieder. Ihre Kolleginnen verbrachten die meiste Zeit des Tages gezwungenermaßen in der Kneipe. Nur sie hielt sich überwiegend draußen auf. Der Mantel war bequem und leicht, sie spürte ihn kaum, und hielt sie trocken. Die Kapuze hatte sie übergezogen und den Gürtel enggeschnürt, so daß ihre üppigen Brüste, auf die sie stolz war, betont wurden. Der Regen ließ die wasserundurchlässige Außenseite glänzen. Ihre Schuhe waren zwar recht bald durchweicht und die Strümpfe naß, aber oben herum trocken zu sein und nur an den Füßen und die Strümpfe bis hinauf zu den Waden naß, ließ sie sich sichtlich wohlfühlen. Sie schritt genüßlicher als gewöhnlich aus, die Hände in den Manteltaschen vergraben, genoß das leise monotone Trommeln des Regens auf der Kapuze.

Sie genoß diesen Regentag. Der Geruch des frischfallenden Regens, sein leises Rauschen, die relative Ruhe, die ihn begleitete – wirklich lärmend war es in dieser Gasse nie – gefiel ihr. Es erinnerte sie an ihre Kindheit, wenn sie an Regentagen stundenlang am offenen Fenster gesessen und in den kleinen Garten hinter dem Haus hinausgesehen hatte. Sie war auf dem Land aufgewachsen, dort wurde Regen nicht als widriges Wetter betrachtet, sondern seine lebenspendende Funktion geschätzt.

Regen besaß für sie etwas Aphrodisierendes und nicht nur, weil er sie auch an ihr erstes Mal erinnerte. Sie war fünfzehn gewesen und hatte mit einem Nachbarsjungen vor einem plötzlichen Regenguß in einem Heuschober Unterschlupf gesucht. Sie waren beide völlig durchnäßt gewesen. Der Duft des frischen Heus hatte sein übriges dazugetan. Es war an sich nichts Besonders gewesen, aber sie hatte einen Orgasmus gehabt, ihren ersten durch einen Mann. Die Erinnerung, der Regen ließen sie sogar ein bißchen feucht werden.

An diesem Tag hatte sie erst zwei Kunden gehabt, nicht mehr als üblich an einem Regentag und auch ihre Kolleginnen, die sich im stillen über ihr Verhalten wunderten, aber nicht weiter darüber nachdachten, waren kaum auf mehr gekommen. Futterneid gab es unter ihnen nicht.

Von nun an trug sie stets den Gummiregenmantel, sobald irgendwie der Anschein von Regen zu entdecken war, schloß ihn aber nur, sobald es regnete. Zudem fand sie, daß er gut mit ihren Lederröcken harmonierte. Schnell hatte man sich an diese äußere Veränderung bei ihr gewöhnt.

Sie besaß die beiden Gummiregenmäntel vielleicht zwei Wochen.

Es nieselte seit dem Morgen ohne Unterbrechung. Sie stand wie üblich bei dieser Witterung allein in der Gasse. Sie schlenderte auf ihrem Platz auf und ab, die Hände in den Manteltaschen geschoben, lauschte auf das Klacken ihrer hohen Absätze auf dem ausgetretenen Pflaster, schritt genüßlich durch die beiden kleinen Pfützen vor der Einfahrt, genoß das Gefühl wie ihre Schuhe und Strümpfe sich mit dem Regenwasser vollsogen, sowie das leise monotone Trommeln des Regens auf der Kapuze und hing ihren Gedanken nach, weshalb sie den Mann nicht kommen gesehen hatte. Sie bemerkte ihn erst, als er sie ansprach und sich nach ihrem Preis erkundigte. Sie konnte nicht sagen, wie lange er sie beobachtet haben könnte.

Mit einem geschäftsmäßig freundlichen Lächeln, das dennoch liebenswürdig war, nannte sie ihren Tarif, der bei allen Frauen in dieser Gasse derselbe war.

»Was tust du dafür?« fragte er leise, fast schüchtern, obwohl niemand in der Nähe war, der sie hätte belauschen können. Selbst wenn es anders gewesen wäre, hätte sich keiner daran gestört.

Sie sah ihn mit leicht schiefgelegtem Kopf und einem freundlichen Lächeln um die Mundwinkel an. Sie hatte ihn hier noch nie gesehen. Er schien nicht unsympathisch, wirkte fast etwas schüchtern, als sei es das erste Mal, daß er zu einer wie ihr ging. Er war relativ groß, schlank, doch nicht hager, wirkte irgendwie ›besser gestellt‹, sah insgesamt nicht schlecht aus. Er hielt seinen Schirm fest in der Hand, fast als wollte er sich daran festhalten. Sie schätzte ihn auf Anfang vierzig. In ihren Augen ein eher untypisches Alter, um das erste Mal die Dienste einer Prostituierten in Anspruch zu nehmen. Aber das bedeutete letztlich nichts.

»Das übliche halt. Vaginal, einen herunterholen oder Blasen oder dir beim Abwichsen zusehen«, entgegnete sie freundlich, als plauderten sie über Belangloses. »Doch alles nur mit Gummi«, fügte sie entschieden hinzu.

Er nickte derart zustimmend, als könne er sich selbst nichts anderes vorstellen.

»Und darüber hinaus?« stockte er leicht bei dieser Frage.

Seine Schüchternheit rührte sie innerlich. Bisher kannte sie so etwas nur von kaum Zwanzigjährigen.

»Kommt darauf an. Wenn es nicht zu ungewöhnlich ist«, sie vermied bewußt ›abartig‹ zu sagen, in ihren Augen gab es nichts ›Abartiges‹. Solange sie nicht zu etwas überredet werden sollte, das auf irgendeine Weise ein gesundheitliches Risiko in sich barg, ob für ihren Kunden oder sie selbst, störte sie sich nicht daran. Sie verlangte auch keine übertriebenen Preise dafür, wie es andere ihres Berufstandes gerne taten, sollten sie etwas machen, das vom sogenannten ›allgemein Üblichen‹ – das wahrscheinlich deutlich weniger umfaßte, als tatsächlich verbreitet war – abwich. »Oder es nicht zu ›eklig‹ ist. Gerade bei letzterem sind die hier im Hotel sehr eigen. Wenn überhaupt, gingen solche Dinge nur im einzigen Zimmer mit Bad, des Saubermachens wegen.«

Er nickte, schien sofort zu verstehen, was sie meinte, aber so, als ob das für ihn ohnehin nicht infrage käme, wenn es ihn auch positiv berührte, daß sie prinzipiell nichts dagegen zu haben schien.

»Was machst du grundsätzlich nicht?« Seine Stimme zitterte nun spürbar, als fürchtete er, daß sein Wunsch darunterfiel. Außerdem schien es ihm nicht leicht zu fallen, sie zu duzen, da er das Du stets so aussprach, als habe er zuerst das Sie herunterschlucken müssen, damit es ihm nicht ungewollt über die Lippen kam.

»Alles, was mit einem unwägbaren gesundheitlichen Risiko verbunden ist.«

Er nickte erneut, als wäre ihm gerade diese Versicherung besonders wichtig.

Sie sah ihn interessiert mit leicht schiefgelegtem Kopf und einem leisen Lächeln um die Mundwinkel an. Er hatte sie neugierig gemacht. Sie versuchte einzuschätzen, ob er mehr ein Fetischist oder ein Devoter war. Ein ›Normaler‹ schien er jedenfalls nicht zu sein. Die interessierte meist nur, ob Blasen deutlich teurer als Vaginal oder Abwichsen war, Anal schien für sie bereits mehr als ›abwegig‹.

»Machst du es auch ... angezogen?« Hier glaubte sie ihn etwas schwerer atmen zu hören.

»Angezogen, ausgezogen, kommt darauf an«, sie sagte es zwar von einem leichten Achselzucken begleitet, aber er hätte schon arg unsensibel sein müssen, um nicht herauszuhören, daß sie es bevorzugte, angezogen zu bleiben. »Ich trage jedenfalls kein Höschen, *nie*, es ist praktischer, dafür altmodische Hüfthalter.«

Er nickte wieder, schien zu überlegen.

Sie ließ ihm Zeit. Ein anderer Freier war nicht in Sicht und letztlich war der Kunde auch König.

»Gut, einverstanden«, sagte er, als wäre ihm die Entscheidung nicht leicht gefallen.

Sie ging die wenigen Schritte zum Hotel voraus, wobei sie kokett die Hüften wiegte und nicht nur, um ihm eine Freude zu machen und zu zeigen, daß er einiges von ihr für sein Geld erwarten durfte. Bevor er das Hotel betrat, schloß er penibel den Schirm.

»Mit Bad«, fragte sie freundlich, sich in einer Eingebung an ihn wendend, bevor sie sich einen Zimmerschlüssel geben ließ.

Er schüttelte entschieden den Kopf. *Das* hatte er nun wirklich nicht mit seiner Frage gemeint.

Sie zuckte kaum merklich mit den Achseln. Der aktive Teil bei feuchten Spielen machte ihr mitunter wirklich Spaß. Es kam einzig auf den Mann an.

Sie ging vor ihm die schmale ausgetretene Holztreppe hinauf, die vernehmlich unter jedem Schritt knarrte. Ganz gleich zu welcher Tages- oder Jahreszeit es war immer dämmrig auf der Treppe und in den Fluren. Einzig der Eingangsbereich war einigermaßen gut vom Tageslicht erhellt.

Die Zimmer gingen entweder nach hinten, auf einen kleinen Hof in dem eine Gruppe uralter Linden wuchs, oder nach vorne zur Gasse hinaus. Evamaria hatte den Schlüssel für ein Zimmer im zweiten Stock zum Hof hinaus bekommen. Sie bevorzugte die Zimmer zum Hof hinaus. Bevor sie nach getaner Arbeit wieder nach unten ging, warf sie gerne einen Blick auf die drei alten Linden, die mit ihrem ausladenden Geäst den Hof wie ein grünes Dach bedeckten.

Evamaria und ihre Kolleginnen hatten keine festen Zimmer. Genommen wurde, welches frei war. Das Zimmer mit Bad wurde selten verlangt. Sie konnte sich nicht mehr erinnern, wann sie es das letzte Mal benutzt hatte.

Sie ließ den Mann zuerst eintreten, schloß die Tür und steckte den Schlüssel von innen ins Schloß.

Er ließ den Blick durch das kleine, relativ adrette, wenn auch sichtlich verwohnte Zimmer wandern. Ihm schien es zuzusagen.

»Und?« fragte sie und schlug die Kapuze zurück.

Er sah sie fragend an.

»Für was hast du dich entschieden?« Ihr Lächeln war freundlich.

Trotz der langen Zeit, die sie dieses Gewerbe ausübte, war sie noch immer neugierig, was ein Kunde von ihr verlangen würde.

»Würde es dir etwas ausmachen, deinen Gummiregenmantel anzubehalten?« fragte er leicht unsicher und ließ die Blicke an ihrem Körper entlangwandern. Es war der Blick eines Bewunderers und eines Menschen, der sich am Ziel seiner Wünsche glaubte.

»Nein, warum sollte es mir etwas ausmachen? Du bist der Kunde und du bestimmst, was ich an- oder ausziehe.« Sie mußte an den Grund denken, warum sich ihre Tante die beiden Gummiregenmäntel angeschafft hatte. Sie hätte nicht gedacht, daß so schnell ein Kunde von ihr verlangen würde, ihn ›dabei‹ zu tragen.

Abgesehen davon war das in ihren Augen nun wirklich nichts, was irgendwie ungewöhnlich war. Es gab genug Kunden, die sie lieber angezogen wollten, das verstärkte wohl in deren Augen das

›Verrufene‹ am Sex mit einer Prostituierten und schließlich blieb sie ja selbst gerne beim Sex angezogen, und nicht nur, weil sie sich so das ›lästige‹ Aus- und Anziehen ersparte.

»Ich meine, würdest du nur ihn anbehalten, nackt darunter?« präzisierte er mit einem leichten Kratzen in der Stimme.

»Ja, natürlich.«

Sie hatte kaum den Gummiregenmantel geöffnet, wollte ihn schon ausziehen, da sagte er schnell: »Du kannst den Mantel wieder schließen. Ich wußte ja nicht, daß du einen Lederrock darunter trägst.«

»Ich trage *immer* Lederröcke«, erklärte sie freundlich und in einem Tonfall, als müsse das jedem bekannt sein, der zu ihr käme.

Er lächelte leicht verlegen und legte seinen Schirm auf die Fensterbank, den er bisher nervös in den Händen gedreht hatte.

»Würdest du auch die Kapuze überziehen und den Gürtel so eng schnüren, wie es geht, ohne daß es dir unangenehm ist?« Er war jetzt forscher und betrachtete sie zum ersten Mal wirklich begehrend, doch nicht herablassend aufdringlich.

Sie kam seinem Wunsch nach. Durch den enggeschnürten Gürtel, der ihr leicht ins Fleisch schnitt – sie hatte etwas übertrieben, wollte sich aber vor ihm keine Blöße geben – wurden ihre ohnehin üppigen Brüste zusätzlich betont.

An seinem Blick sah sie, daß er zufrieden war. Was würde jetzt kommen? Trotz aller Erfahrung war das für sie eine neue Situation.

»Gefalle ich dir so?« Sie fragte nicht nur geschäftsmäßig zuvorkommend.

»Ja, sehr«, er klang fast überschwenglich. »Du hast sehr schöne Brüste und Beine. Ich mag es, wenn eine Frau üppiger ist. Ich mag die asketischen Typen nicht, die allgemein als schön gelten. Die verstehen nicht zu genießen. Wie auch, wer jede Kalorie zählt, der nimmt sich auch bei anderen Genüssen zurück!«

Sie mußte grinsen; wie recht er damit hatte, wenn er auch leicht verallgemeinerte, und sie wurde für einen Moment verlegen, denn sie spürte, daß er es ernst meinte.

»Und weiter?« fragte sie, nachdem er die Jacke ausgezogen und an den Haken neben der Tür gehangen hatte. »Was willst du nun mit mir machen?«

»Frauen mit einem so herrlichen femininen Körper wie du, sind verehrungswürdig. Sie bekennen sich zu ihrem Frausein«, fuhr er im Ton verhaltener Begeisterung fort und kniete sich zu ihren Füßen.

Also doch ein Devoter, dachte sie auf eine gewisse Weise angetan, denn sie hatte in ihm bisher mehr einen Fetischisten gesehen. Was er wohl weiter tun würde?

Er blickte sie von unten mehr mit dem Blick des Bewunderers als mit dem eines Devoten an, was ihr ein wohliges Kribbeln über den Rücken laufen ließ. Dann schlang er ihr plötzlich und impulsiv die Arme um die Schenkel und vergrub das Gesicht in ihrem Schoß. Für einen Moment erschrak sie, denn sie hatte nicht damit gerechnet. Leicht rieb er das Gesicht an ihrem noch regenfeuchten Gummiregenmantel. Weil er ihr dabei auch den Lederrock am nackten Schoß rieb, spürte sie, wie sie leicht feucht wurde.

»Wenn du mir wirklich deine Verehrung zeigen willst, küßt du mir jetzt meine regennassen Schuhe«, entfuhr es ihr spontan.

Ohne zu zögern, löste er seine Umarmung, beugte sich zum Boden hinunter und berührte mit den Lippen das Oberleder erst ihres linken und dann des rechten Schuhs.

Sie durchströmte ein beinahe rauschhaftes Gefühl, denn sie erkannte, daß er bereit war, ihr sehr weit entgegenzukommen und vermutlich nicht mehr daran dachte, daß er sie ja bezahlte.

»So ist gut«, lobte sie ihn. »Du kannst dich wieder aufrichten. Und jetzt ziehst du dich aus!«

Er kam ihrer Aufforderung bereitwillig nach und hängte seine Kleider ordentlich über die Lehne eines Stuhls. Es war für sie nichts Neues, vor allem biedere Familienväter verhielten sich so.

Erst als er nackt vor ihr kniete, den Hintern auf den Fersen ruhend, fiel ihr auf, daß sein Körper zwar drahtig, aber muskulös war. Sie berührte seinen Schwanz mit der rechten Schuhspitze, der fast sofort zur vollen Größe anschwoll. Sie war von ihm sichtlich angetan. Ob er wußte, daß er einen schönen großen geraden dicken Schwanz hatte, den eine Frau ebenso gerne in sich wie in der Hand oder im Mund hätte? Sie betrachtete ihn, der mit gesengtem Blick auf ihren Fuß sah, mit dem sie ihn leicht massierte.

Nein, sie glaubte nicht, daß er das wußte. Es würde sie nicht wundern, wenn ihm das noch keine Frau gesagt hätte. Überhaupt schien er bisher nicht viele Frauen gehabt zu haben. Ob er verheiratet war? Aber was ging das sie an! Er bezahlte sie dafür, daß sie ihm sexuelle Entspannung verschaffte.

Sie nahm den Fuß aus seinem Schoß, nicht zuletzt, weil ihr das Stehen auf einem Bein zu anstrengend wurde.

»Ja, das gefällt dir, wenn dir eine Frau mit ihren High-Heels den Schwanz berührt«, meinte sie mit allzu gespielter Geringschätzigkeit, was er ihr aber nachzusehen schien.

Geringschätzigkeit anderen gegenüber war nicht ihre Sache, daher gelang es ihr nie, auch nur halbwegs überzeugend zu wirken, was ihr ihre Kunden aber immer nachgesehen hatten, es genügte ihnen, daß ihnen überhaupt einmal ihre Wünsche erfüllt wurden.

Er senkte beschämt den Blick, was nur zum Teil gespielt war.

Sie zog sich einen Stuhl heran und setzte sich vor ihn darauf, schlug die Beine übereinander und wippte leicht mit dem freien Fuß, lenkte damit seinen Blick auf ihn. Sie drapierte den Gummiregenmantel so, daß er ihre Knie bedeckte.

»Dich erregen meine Schuhe und meine Beine und nicht nur meine weichen weiblichen Formen, meine großen schweren Titten. Aber auch mein Gummiregenmantel und mein alter speckiger Lederrock machen dich scharf, wie nicht zu übersehen ist.«

Er nickte unmerklich und weiterhin leicht beschämt. Offenbar schien ihm noch keine Frau seinen Fetischismus ›vorgeworfen‹ zu haben.

»Weißt du, daß schon viele meiner Freier meinen in den Lederrock gehüllten Hintern abgeküßt und abgeleckt haben und nicht wenige heftig darauf abgespritzt und ihr Sperma anschließend dort verrieben haben? Du siehst, es gibt viele Männer, die ähnlich ›bizarre‹ Neigungen haben, die erst wirklich können, wenn eine Frau etwas Bestimmtes trägt.«

Wieder nickte er und diesmal schien seine Beschämung echt zu sein, obwohl sie es mit nicht zu überhörender Wärme gesagt hatte.

Bevor er jedoch ein echtes Schuldgefühl entwickeln konnte, fuhr sie fort:

»Das sollte eigentlich etwas sein, über das sich niemand Gedanken machen sollte, weil es im Grunde ein vollkommen harmloses Vergnügen darstellt. Mir gefällt es sehr, wenn Männer so etwas mögen, mir gefällt es, wenn Männer scharf werden, wenn sie meinen üppigen Hintern in Leder gehüllt sehen, es gefällt mir, wenn sie über meinen Lederhintern abspritzen. Ich werde sogar naß dabei. Warum siehst du mich nicht an, wenn ich mit dir rede«, fragte sie mit freundlicher Strenge, denn es störte sie wirklich, daß er sie nicht ansah, und berührte mit der Schuhspitze sanft sein Kinn, worauf er den Blick hob und sie mit leuchtenden Augen ansah.

»So ist es besser. Ich mag es nicht, wenn man meinem Blick ausweicht, außer ich verbiete, daß man mich ansieht.«

Sie stellte ihm beide Füße in den Schoß.

»Du massierst mir jetzt die Füße. Die brennen mir vom langen Stehen draußen auf dem Pflaster. Bei dem Wetter kommt nicht oft ein Freier vorbei, wie du dir sicherlich denken kannst.«

Er nickte bereitwillig und nahm ihren rechten Fuß in die Hand. Er zog ihr den Schuh aus und für einen Moment war er leicht sprachlos. Er hatte offensichtlich noch nie derart schöne Füße gesehen. Perlmutten schimmerten die blutrot lackierten Fußnägel durch den nassen zarten Stoff der Strümpfe. Es waren einfache, aber das betonte ihre Schönheit beinahe mehr als trage sie teure Nahtnylons, die tatsächlich ein Traum von ihr waren, den sie sich bisher nicht zu erfüllen gewagt hatte.

Als er sich von dieser angenehmen Überraschung erholt hatte, massierte er ihr umso eifriger die Füße, was er zu ihrer Freude meisterlich beherrschte, weshalb sie sich zurücklehnte und seine Fußmassage genoß.

Nachdem er ihr für ihren Geschmack genug die Füße massiert hatte, massierte sie ihm leicht mit den Füßen den Schwanz. Er atmete mehrmals tief durch. Es schien für ihn das erste Mal zu sein, daß das eine Frau bei ihm machte.

Für einen Augenblick fürchtete sie, daß er bald kommen könnte. Aber so leicht erregbar schien er nun doch nicht zu sein. Es war mehr die angenehme Überraschung, die ihm ihre Geste bereitet hatte.

Behutsam nahm sie die Füße aus seinem Schoß.

»Du darfst mir die Schuhe wieder anziehen.«

Als sie ihre Schuhe wieder an den Füßen hatte, stand sie mit einer fließenden Bewegung auf, schob die Hände lässig in die Manteltaschen, schritt vor ihm auf und ab und wiegte betont lasziv die Hüften. Der Gummiregenmantel warf sich in betörende Falten, raschelte leise und erotisierend bei jedem Schritt, das hereindringende matte Licht des Regentages brach sich auf besondere Weise in der seidigglatten Oberfläche. Hin und wieder blieb sie stehen, verlegte das Gewicht auf den Absatz und drehte den Fuß leicht hin und her. Dann ging sie wieder einige Schritte bis sie erneut stehen blieb und mit dem anderen Fuß dasselbe machte. Oder sie warf einen Blick auf ihre Beine, als suche sie eine Laufmasche in den Strümpfen. Oder sie strich lustvoll mit den Händen, über den mittlerweile getrockneten Gummiregenmantel als streichle sie die Haut eines Geliebten. Bei allem tat sie, als sei sie allein und geschehe es ausschließlich zu ihrem persönlichen Vergnügen.

Er folgte ihr mit begehrlichen Blicken, wagte aber nicht etwas zu sagen. Sie spürte, daß sie ihn damit noch mehr erregte als mit der Fußmassage.

Sie konnte nicht anders, sie mußte sich eingestehen, daß es ihr Spaß machte, ihn lediglich durch ihr Herumgehen im Zimmer, dem lüsternen Wiegen ihrer Hüften zu erregen, während er geduldig abwartend auf dem alten rauhen verschossenen Teppichboden kniete. Aber sie spürte auch, wie es sie selbst erregte.

Weil sie es nicht ewig in die Länge ziehen wollte und auch konnte, blieb sie leicht breitbeinig vor ihm stehen, die Hände in den Manteltaschen vergraben.

»Du streichelst mir jetzt die Waden, aber wehe du faßt mir unter den Rock!«

Er schluckte kurz, wie gerne würde er *das* tun. Er rutschte auf den Knien das Stück zu ihr hin und streichelte ihr genüßlich die Waden, fühlte den zarten Stoff unter den Fingerspitzen leise knistern. Sie schloß die Augen. Wohlige Wärme stieg von ihren Waden aufwärts. Zwar sollte er sich nur um ihre Waden kümmern, aber er widmete sich auch mit Eifer ihren Fesseln.

»Genug«, fuhr sie ihn fast an, denn es wurde ihr etwas zu angenehm. »Weil du bisher brav alles gemacht hast, was ich von dir verlangt habe, hast du nun einen Wunsch frei«, verkündete sie mit Großmut, doch vor allem, weil ihr vorerst nichts mehr einfiel, das sie mit machen konnte, zudem fand sie, daß er für sein Geld etwas mehr erwarten konnte.

»Ich würde mich gerne auf dich legen und mich an dir reiben bis ich komme«, brachte er schüchtern mit leichtem Stottern hervor.

»Also doch vaginal.« Sie war leicht enttäuscht, hatte sich mehr erhofft.

Er schüttelte entschieden den Kopf.

»Du sollst mit geschlossenem Mantel daliegen. Ich will mich an deinem Gummiregenmantel reiben.«

»Gut«, war sie erleichtert, daß sie ihn mißverstanden hatte, das könnte interessant werden, dachte sie, legte sich rücklings aufs Bett, die Beine leicht gespreizt, und strich den Mantel glatt.

Er stand auf und betrachtete sie. Er schien sich nicht schlüssig zu sein, ob er es tatsächlich wagen könnte.

»Was ist?« fragte sie mit spürbarer Schärfe. »Ich habe nicht ewig Zeit.«

Etwas linkisch legte er sich so auf sie, daß er mit seinem Schoß über ihrem lag und vergrub das Gesicht in ihrer Schulter. Sie legte die Arme um ihn und drückte ihn auf sich. Er rieb den Schoß intensiv an ihrem Gummiregenmantel. Daß sein Reiben sie gleichfalls erregte, wunderte sie nicht wirklich, aber er schien nicht an diese Möglichkeit zu denken.

Es ging schließlich schneller, als sie erwartet hatte. Er stöhnte leise auf, es war fast ein Wimmern, als er sich auf ihrem Gummiregenmantel entleerte. Die Berührung seiner nackten Haut mit ihrem Gummiregenmantel mußte seine Erregung sehr beschleunigt haben. Was in ihr die Erkenntnis festigte, daß er ein Fetischist war, der ihre ›Demütigungen‹ hingenommen hatte, um seinen Fetisch erfüllt zu bekommen. Aber das war nicht das schlechteste – ein Kompromiß nach ihrem Geschmack.

Sie hielt ihn noch einen Augenblick umarmt, ließ ihn seinen Orgasmus genießen. Dann löste sie die Umarmung. Er verstand und stand auf. Leicht verlegen wich er ihrem Blick aus, doch betrachtete er fasziniert und auch etwas ungläubig – wie ihr schien – die Lache seines Spermas auf dem Gummiregenmantel.

Der Anblick der Spermalache entlockte auch ihr ein Lächeln. Es war kein unangenehmes Gefühl zu wissen, daß ein Mann sich über ihrem Gummiregenmantel entleert hatte, daß das Reiben an diesem allein genügte, um ihn zum Orgasmus zu bringen.

Sie richtete sich vorsichtig auf, damit sein Sperma nicht von ihrem Mantel aufs Bett lief, sondern in ihrem Schoß blieb.

Er begann sich wieder anzuziehen, wich dabei ihrem Blick aus.

»Was schulde ich dir?«

Erst seine Frage machte ihr bewußt, daß sie sich von ihm entgegen ihrer Gepflogenheit nicht vorher hatte bezahlen lassen.

Sie nannte einen Preis, den sie in der Regel für gewöhnlichen Vaginalverkehr nahm, was ihr aber erst auffiel, als er bereits gegangen war.

Er gab ihr das Geld, das sie achtlos in die rechte Manteltasche schob, und schien sich keine Gedanken darüberzumachen, daß es eigentlich für das, was er mit ihr gemacht hatte, zu wenig war, was in ihr noch mehr die Überzeugung festigte, daß er bisher selten zu einer wie ihr gegangen war.

Interessiert fragte sie ihn dann doch, wie er gerade auf sie aufmerksam geworden war. Er antwortete spürbar weniger verlegen:

»Vor einigen Tagen war ich in der Schreinerei, um einen Auftrag zu erteilen. Da habe ich dich in deinem Gummiregenmantel neben der Einfahrt stehen sehen. Da du mir gleich gefallen hast und ich mich von Gummiregenmäntel sexuell stark angezogen fühle, aber nur wenn eine Frau sie trägt, ist der Wunsch in mir gereift. Zumal der Schreiner mir sagte, was für einen Beruf du hast«, er lächelte wieder leicht verlegen. »Außerdem habe ich es schon sehr lange nicht mehr auf diese Weise mit einer Frau gemacht«, fügte er beinahe entschuldigend hinzu.

»Ist schon in Ordnung«, meinte sie fast mütterlich nachsichtig.

Sie hatte den Eindruck, als sei er unschlüssig, ob er noch etwas ihre Gegenwart haben wollte oder so schnell als möglich gehen sollte. Sie nahm ihm die Entscheidung ab.

»Bis zum nächsten Mal«, sagte sie mit geschäftsmäßiger Freundlichkeit, daß er den Hinauswurf nicht überhören konnte.

Höflich und dankbar, daß sie ihm die Entscheidung abgenommen hatte, verabschiedete er sich.

Nachdem er die Tür hinter sich geschlossen hatte, griff sie nach einer Schachtel Papiertücher, wie sie in jedem Zimmer auf dem Nachttisch standen, holte eines heraus und wischte sich das Sperma vom Gummiregenmantel, damit nichts hinunter auf den alten, verschossenen Teppichboden lief, sobald sie aufstand.

Als sie wieder auf ihrem Platz stand, dachte sie noch immer angetan an ihn.

Doch bereits am nächsten Tage hatte sie ihn vergessen. Erst als er gut eine Woche später erneut vor ihr stand, abermals an einem Regentag, erinnerte sie sich seiner wieder.

»Dasselbe wie letztes Mal«, fragte sie nicht nur mit geschäftsmäßiger Freundlichkeit.

Sie hatte nichts dagegen, wenn er beabsichtigte Stammkunde zu werden. Er schien einer von der angenehmen Sorte zu sein.

»So ähnlich«, nickte er etwas sicherer als beim letzten Mal und folgte ihr ins Hotel.

Von nun an kam er wöchentlich zu ihr. Bald legten sie den Wochentag fest, an dem er zu ihr kam. War das Wetter zu schön um ihren Gummiregenmantel zu tragen, deponierte sie ihn beim Portier des Hotels.

Mit der Zeit wurden sie vertrauter miteinander und weiteten ihr Spiel aus, das stets eine Mischung aus Fetisch und devoter Hingabe von seiner Seite war. Sie behandelte ihn mehr und mehr als ihren persönlichen ›Lustknaben‹, dem sie erlaubte, als Belohnung für seine ausgezeichneten Dienste, sich an ihr zu reiben bis er sich auf ihrem Gummiregenmantel entleerte. Stets kam er durchs Reiben an ihrem Gummiregenmantel.

Mit der Zeit jedoch mußte sie feststellen, daß nicht mehr sie ihm einen sexuellen Dienst erwies, sondern sie sich von ihm verwöhnen ließ, sich ausgiebig seinen ausgezeichneten linguistischen Fähigkeiten und seinen geschickten Händen hingab, und sie nicht mehr wußte, wie sie sich verhalten sollte. Sie hatte längst mehr von ihren Begegnungen als er. Eigentlich müßte es nun an ihr sein, ihn zu bezahlen. Es war eine verrückte Situation im Wortsinn. Doch er zahlte stets, obwohl sie immer öfter ehrlich vergaß, von ihm Geld zu nehmen. Doch warum sollte sie einen guten Stammkunden vor den Kopf stoßen, in dem sie ihn auf einige scheinbare Widersprüche aufmerksam machte und sie selbst mehr als befriedigt wurde?

Er kam annähernd ein halbes Jahr zu ihr.

Bereits seit einiger Zeit spürte sie, wie eine Veränderung mit ihm vorging, daß ihn etwas zu beschäftigen schien. Obwohl er sich ihr stets mit der gleichen Aufmerksamkeit widmete, schien er mit einem Teil der Gedanken abwesend zu sein. Mit einem leicht wehmütigen Seufzer sagte sie sich, daß sie wohl bald einen guten Stammkunden verlieren würde.

Auf welche Weise er schließlich die ›Geschäftsbeziehung‹ zwischen ihnen beendete, hätte sie niemals erwartet. Doch hätte ihr die Tante als Beispiel dienen sollen.

Relativ nüchtern für ein derartiges Vorhaben, erklärte er ihr, daß er nun in einem Alter sei, in dem er eine feste Partnerschaft, eine Heirat nicht mehr länger aufschieben könnte. Er brachte zahlreiche Argumente vor, die teils Allgemeinplätze waren, teils aus einem inneren Bedürfnis heraus kamen, die sie etwas irritierten, weil sie nicht wußte, worauf er letztlich hinauswollte, was sie beide betraf, bis er endlich die Katze aus dem Sack ließ. Kurz gesagt, würde er es gerne sehen, wenn sie den Platz der Frau an seiner Seite einnehme – er sagte es tatsächlich derart geschraubt.

Sie erkannte sofort, daß es ihm Ernst war und er sie um ihrer selbst wollte und nicht aus irgendeiner Sozialromantik heraus. Daß sie nicht nur dieselben Fetische verbanden, sondern insgesamt eine Seelenverwandtschaft zwischen ihnen bestand, wie sie sich schlußendlich eingestand. Sie überlegte nicht lange, nahm sich die Tante zum Vorbild und willigte ein.

So wie sie von einem Tag auf den anderen in dieser Gasse aufgetaucht war, so verschwand sie von einem Tag auf den anderen aus dieser. Keiner erfuhr von ihr den Grund. Ebensowenig wie sich Gedanken darüber gemacht worden war, aus welchem Grund sie in dieser Gasse anschaffen gegangen war, wurde sich darüber Gedanken gemacht, warum sie es nun nicht mehr tat.

Eine Zeitlang war ihr Platz neben der Schreinerei verwaist, bis eines Tages eine andere junge Frau ihn wie selbstverständlich in Besitz nahm.

Das Hotelzimmer

1.

Das reizvolle Schattenspiel, das das durch das Laub der großen Buche gebrochene Sonnenlicht auf den gepflegten Kiesweg warf und durch den leichten Frühlingswind einer fortwährenden Änderung unterworfen war, entging Simons Aufmerksamkeit, obwohl er seit mehr als einer viertel Stunde wie gebannt darauf blickte.

Wie üblich zu früh hätte er entspannt auf dieser Bank sitzend die vereinbarte Zeit abwarten und sich der Ruhe und der Schönheit des Parks, des bilderbuchhaften Frühlingswetters erfreuen können, aber er saß, innerlich aufgewühlt, auf der Kante, wie ein Pennäler, der vor dem Direktorzimmer auf den verdienten Rüffel wartet.

Du bist ein Mann von vierzig Jahren, stehst sozusagen mitten im Leben, hast schon eine Menge Höhen und Tiefen erlebt und doch gebärdest dich wie ein pubertierender Jüngling vor seinem ersten Rendezvous.

Er schüttelte über sein Verhalten den Kopf. Was jedoch nichts an seiner inneren Unruhe änderte. Allerdings war seine derzeitige Situation nicht unbedingt alltäglich. Ein *blind date* ist an sich nichts Ungewöhnliches. Sich dafür in einem kleineren Hotel zu treffen, das in einem relativ ruhigen und dennoch einigermaßen zentral gelegenen Stadtteil lag, ist ebensowenig etwas, über das man sich großartig Gedanken machen müßte. Doch war von einem *date* außer einer Stimme am Telefon nicht einmal der Namen bekannt, konnte das durchaus zu Nervosität veranlassen. Bis vor gut einem Monat hätte er sich nicht verstellen können, jemals in einen solch aufgewühlten Zustand zu geraten.

Er hatte sich tagsüber angewöhnt, nicht mehr sogleich abzunehmen, erschien auf der Anzeige des Telefons ›Unbekannt‹, sondern das Einschalten des Anrufbeantworters abzuwarten. In der Regel wurde dabei keine Nachricht hinterlassen, sondern sofort abgehängt, dann hatte es sich wieder einmal um einen Werbeanruf gehandelt, die mittlerweile die Dimension einer biblischen Heimsuchung angenommen hatten. Hätte es bereits im alten Ägypten Telefone gegeben, wäre als schlimmste der sieben Plagen unzählige tägliche unerwünschte Werbeanrufe über das Land geschickt worden, begleitet von exzessiven Spam-Mails.

Abends kam nur sein bester und längster Freund als ›Unbekannt‹ herein, er hatte sich aus dem Telefonverzeichnis austragen lassen. Darum war er versucht, sich mit »*Hallo, altes Haus, du rufst aber spät an*« zu melden, als Punkt Mitternacht das Handgerät läutete, wenngleich der Freund nur selten noch zu dieser Stunde anrief. Aus einem nicht näher nachvollziehbaren Grund meldete er sich förmlich.

Einige Augenblicke herrschte Schweigen, was ihm weitaus länger erschienen, als es tatsächlich war, lediglich leise und ruhige Atemzüge waren zu vernehmen. Er wollte den Anrufer bereits wegdrücken, da sich offenkundig jemand verwählt zu haben schien, doch irgend etwas hielt ihn zurück und sein Herzschlag beschleunigte sich leicht.

»Guten Abend«, antwortete weich und leicht wie aus weiter Ferne eine angenehme Altstimme.

»Ja, wer ist denn da?« Er war noch immer der Überzeugung, daß die Frau sich verwählt haben mußte.

»Du kennst mich nicht«, sagte sie ruhig.

»Ich glaube, Sie haben sich verwählt«, erwiderte er reflexartig.

»Nein, ich habe die richtige Nummer gewählt, es sei denn, du hättest einen anderen Anschluß als ...«, betonte sie jede Ziffer.

»Ja ... ich meine nein ... das ist meiner.« Er war sichtlich irritiert.

»Also habe ich mich nicht verwählt.«

Die offenkundige Genugtuung seiner unbekannten Anruferin ließ ein eigenartiges Gefühl in ihm zurück. Für einen Augenblick war er sogar erleichtert, daß sie sich nicht verwählt hatte.

»Was kann ich für Sie ... dich tun?«

»Mir zuhören. Mit mir reden.«

Er unterdrückte einen unwilligen Seufzer. Nicht daß er kein offenes Ohr für seine Mitmenschen besaß, aber um diese späte Stunde fehlten ihm prinzipiell Lust und Nerv dazu, zumal er sich innerlich bereits auf sein gemütliches Bett eingestellt hatte. Es lag ihm schon die nicht allzu höfliche Entgegnung auf der Zunge, daß er nicht die Telefonseelsorge sei – euphemistisch gesprochen – aber er hielt sich zurück. Die Stimme strahlte, so sanft sie auch klingen mochte, Entschlossenheit und das Gegenteil einer Frau aus, die mitten in der Nacht irgend jemanden zum Reden suchte, weil sich die Einsamkeit kaum noch ertragen ließ.

»Ja, gut und über was?«

Kaum hatte er das gesagt, hätte er sich am liebsten auf die Zunge gebissen – eine dermaßen idiotische Antwort zu geben!

Als Reaktion folgte ein leises amüsiertes und durchaus nachsichtiges Lachen, wie es für gewöhnlich erfolgt, sagt ein Kind in seiner possierlichen Naivität irgend etwas Unpassendes.

»Lasse dich auf ein Gespräch ein. Das Thema ergibt sich von allein. Oder gehörst du zu den Leuten, die für alles einen zureichenden Grund benötigen, weil sie andernfalls glauben, es handle sich um vergeudete Zeit? Die unfähig sind, sich auf den Augenblick als solchen einzulassen, den Dingen eine faire Chance zu geben, auch wenn sie ihnen vielleicht gar nicht so recht in den Kram passen mögen? Denen dadurch aber vieles entgeht, vor allem das Schöne und *wirklich* Wichtige?«

»Nein, das wollte ich nicht sagen«, beeilte er sich leicht beschämt zu versichern und wußte nicht, warum er deswegen Scham empfand, denn zu diesen Zeitgenossen rechnete er sich nicht.

»Ich müßte mich schon sehr in dir getäuscht haben, hättest du bejaht.«

Er lehnte sich entspannt zurück und lauschte der unbekannten Stimme. Jetzt, da er ruhiger war, genoß er ihren angenehm warmen Klang, die Sanftheit. Er fühlte sich bisweilen, als würde er von ihrer Stimme zärtlich gestreichelt. Doch bestand für ihn kein Zweifel, daß SIE die Situation kontrollierte.

Fast eine Stunde dauerte das Gespräch, das buchstäblich über alles und nichts ging. Am Ende hätte er nicht sagen können, über was sie im einzelnen gesprochen hatten und doch hatte er es als alles andere als einen Austausch von Belanglosigkeiten empfunden.

»Ich werde dich wieder anrufen. Es war angenehm, mit dir zu reden«, hatte sie zum Abschluß gesagt, was er als großes Kompliment empfunden hatte.

Es war verständlich, daß er mit einer eigenartigen, aber keineswegs unangenehmen Stimmung zu Bett gegangen war.

Am nächsten Morgen war er überzeugt, das gestrige Gespräch

lediglich geträumt oder zumindest einer einsamen Frau sein Ohr geliehen zu haben. Da sein Tag mit Terminen angefüllt war, dachte er kaum noch an die nächtliche Anruferin. Abends schien er sie bereits vergessen zu haben und legte sich früh Schlafen.

Weil er an den beiden darauffolgenden Abenden keinen weiteren Anruf der Unbekannten erhielt, festigte sich in ihm die Überzeugung, daß es ein einmaliges Gespräch gewesen war. Doch bereits am nächsten läutete wieder das Telefon um Mitternacht. Er schrak spürbar zusammen. Schon vor dem Abheben war ihm klar, daß SIE es sein mußte.

»Ja?« Er meldete mit leicht unsicherer Stimme.

»Hast du meinen Anruf erwartet?« Es war eine Feststellung und keine Frage. IHRE ruhige Stimme schien wieder aus leichter Entfernung zu kommen.

»Ja.« Er antwortete, ohne nachzudenken, was ihm bewußt machte, daß er nie an ihrem erneuten Anruf gezweifelt hatte.

»Was anderes hätte mich auch gewundert«, fuhr sie ohne eine Spur von Selbstgefälligkeit fort.

»Du ... du hast eine wundervolle Stimme«, platzte er heraus.

Das Kompliment geschah aus einem inneren Zwang. Er mußte ihr sagen, wie nachhaltig ihn ihre Stimme beeindruckt hatte.

Ein warmes, herzliches Lachen folgte als Antwort.

»Ich weiß«, erwiderte sie mit dem Selbstverständnis eines Menschen, der sich seiner Vorzüge bewußt ist und sie zielgerecht einzusetzen weiß. »Aber dennoch danke ich dir für das Kompliment. Deine Stimme klingt auch angenehm, wundervoll männlich.«

Er fühlte, wie er errötete. Dabei war sie nicht die erste Frau, die ihm das gesagt hatte.

»Du brauchst nicht verlegen zu werden«, sagte sie freundlich, was ihn erst recht verlegen werden ließ, denn sie schien die Fähigkeit zu haben, seine Reaktionen auch aus seinem Schweigen zu erkennen.

Er wußte so gut wie nichts von ihr, doch sie schien in ihm bereits, wie in einem offenen Buch lesen zu können.

Erneut redeten sie eine Stunde miteinander, auch diesmal hätte er den Inhalt nicht rekapitulieren können. Wieder befiel ihn die eigenartige Stimmung vom ersten Mal. Nur war diese diesmal am folgenden Morgen nicht gänzlich verschwunden.

Er begann bewußt auf ihren nächtlichen Anruf zu warten. Er konnte es nicht vermeiden, sobald Mitternacht sich näherte, angespannt mit einem erwartungsvollen Blick aufs Telefon dazusitzen. Als Mitternacht nur wenige Minuten vorüber war und das Telefon nicht geklingelt hatte, wußte er, daß sie an diesem Tag nicht mehr anrufen würde. Eigentlich hätte er enttäuscht sein müssen, doch er war derart überzeugt, daß sie erneut anrufen würde, daß er, obwohl leicht angespannt, ruhig zu Bett gehen konnte.

Diesmal pausierte die geheimnisvolle Anruferin nur einen Tag. Das Telefon läutete wie gewohnt um Mitternacht.

»Ich habe deinen Anruf erwartet.« Seine Stimme zitterte nur leicht, klang durchaus erfreut.

»Das weiß ich«, erwiderte sie im Brustton der Überzeugung. Er hatte das Gefühl, daß ein leicht süffisantes Lächeln ihre Mundwinkel umspielte.

Auch dieses Gespräch dauerte erneut eine Stunde. Und wieder konnte er im Nachhinein nicht sagen, über was sie gesprochen hatten, dennoch oder vielleicht deswegen wurde sie für ihn stetig vertrauter, obwohl er immer noch nichts Konkretes über sie wußte, nicht einmal ihren Namen geschweige ihre Nummer. Er richtete sich bereits darauf ein, daß ihre Bekanntschaft auf mitternächtliche Telefonate beschränkt blieb, bis sie ihm eines Tages Ort und Zeit eines Treffens nannte. Ohne zu überlegen, ob er zu dem Zeitpunkt frei war, sagte er zu. Später erinnerte er sich, daß er da einen durchaus wichtigen Termin hatte. Ohne sich weiter Gedanken zu machen, verlegte er ihn, ohne einen Grund zu nennen, was er noch nie gemacht hatte. Die Gewißheit, daß seine geheimnisvolle Anruferin nie mehr von sich hören lassen würde, versäumte er das Treffen, ließ ihn so handeln. Wie nicht anders erwartet, rief sie vorher nicht mehr an.

Die folgenden fünf Tage verbrachte er mit wachsender innerer Unruhe. Ihm war die Metapher ›wie auf glühenden Kohlen sitzen‹ noch nie so treffend erschienen.

2.

Nun saß er also auf dieser Bank. Die obere Etage des Hotels schimmerte zwischen den Bäumen hindurch.

Seit wenigen Minuten fühlte er sich beobachtet. Suchend blickte er sich um. Die zierliche blonde Mittzwanzigerin, die bedächtig einen Kinderwagen vor sich herschob und nur Augen für ihren Nachwuchs zu haben schien, kam sicherlich nicht als seine nächtliche Anruferin infrage. Darüber hinaus konnte er noch einen älteren Mann entdecken, der gemächlich, die Hände auf dem Rücken, die gepflegten Kieswege entlang schlenderte und seine Aufmerksamkeit den adrett angelegten Blumenrabatten widmete.

Zwei an einer Wegkreuzung stehende rauchende und schwatzende Halbwüchsige kamen noch weniger infrage. Abgesehen davon schienen sie sich ohnehin nur für sich selbst zu interessieren. Nein, es war niemand zu sehen, der auch nur ansatzweise mit seiner geheimnisvollen Anruferin identisch sein könnte. Dennoch blieb das Gefühl, beobachtet zu werden.

Er schaute zum Hotel hinüber. Die oberen Fenster waren relativ gut von seinem Platz aus zu sehen, nur abschnittsweise vom einen oder anderen Laubwerk verdeckt. Möglich, daß sie ihn von dort mit einem Fernglas beobachtete. Obwohl nicht allzu weit entfernt, war es doch zu weit, um mit bloßem Auge etwas zu erkennen. Aber konnte man überhaupt aus dieser Entfernung spüren, wurde man beobachtet? Wahrscheinlich spielten ihm seine Gefühle lediglich einen Streich. Ganz gleich, was es war, eines war sicher; er hatte nicht die leiseste Vorstellung, was ihn innerhalb der nächsten Stunden erwartete.

Er sah auf die Uhr. Die Zeit war langsamer verstrichen, als er geglaubt hatte. Er atmete tief durch. Ihm fehlte die innere Ruhe, sitzend abzuwarten, bis es Zeit war, ins Hotel hinüberzugehen. Er beschloß daher, eine Runde durch den Park zu drehen.

Langsam stand er auf, schob die Hände in die Hosentaschen, damit keiner sah, wie sie vor Anspannung leicht zitterten. Etwas fahrig waren die ersten Schritte. Der Kies schien ihm unnatürlich laut unter den Sohlen zu knirschen.

Noch eine Runde zu drehen, war eine gute Entscheidung gewesen; das Gehen entspannte ihn etwas. Er kreuzte den Weg der zierlichen Blonden mit dem Kinderwagen. Sie redete leise mit fast kindlich klingender Stimme mit ihrem kleinen Mädchen. Er schmunzelte zufrieden, weil er sich in ihr nicht getäuscht hatte. Auch bei seinem Rundgang fiel ihm niemand auf, der im entferntesten als seine nächtliche Anruferin infrage gekommen wäre.

Pünktlich zur verabredeten Zeit stand er am Ausgang des Parks direkt gegenüber dem Hotel, getrennt durch eine schmale Straße. Es war ein unauffälliges Gebäude aus der Gründerzeit. Wäre nicht das kleine Schild ›Hotel‹ über dem Eingang, hätte es sich um ein beliebiges Mehrfamilienhaus handeln können.
Er gab sich einen Ruck und überquerte die Straße.
Die Hotelhalle erinnerte nicht einmal entfernt an die Bahnhofshallenatmosphäre großer Häuser. Hinter der Theke stand ein distinguierter Mann mittleren Alters, der sofort aufsah. Simon verlangte mit einem leichten Kratzen in der Stimme den Zimmerschlüssel, der ihm mit geschäftsmäßiger Höflichkeit übergeben wurde. Er nahm ihn leicht fahrig entgegen. Der Portier wies leicht mit dem Kopf zur Treppe, die ihm hinteren Bereich lag. Die dunkellasierten Holzstufen waren mit einem dicken Kokosläufer belegt, der jeden Schritt bis zur Lautloskeit dämpfte.
Das Zimmer lag im zweiten Stock, von der Bank im Park aus hatte er nur den oberen, den dritten sehen können. Dicke Kokosläufer dämpften auch auf den Gängen jeden Schritt. Die Wände waren bis auf halber Höhe mit dunklem Holz getäfelt, darüber in einem mittleren Beige gestrichen. Messingleuchten tauchten alles in ein warmes gelbliches Licht.
Das Zimmer lag in der Mitte des Ganges. Täuschte ihn seine Orientierung nicht, lag es nach hinten hinaus.
Vor dem Aufschließen der Zimmertür blickte er zu beiden Seiten hinunter. Es war niemand zu sehen, auch kein Geräusch drang auf den Gang hinaus. Was erwartete ihn hinter dieser Tür?
Er atmete tief durch, drehte den Schlüssel im Schloß und öffnete die Tür, die lautlos in den Angeln lief.
Dämmerlicht umfing ihn. Die dicken Vorhänge waren zugezogen. Zuerst sah er wenig. Er schloß die Tür leise hinter sich und steckte mehr mechanisch den Schlüssel von innen ins Schloß.
Die Augen gewöhnten sich zügig ans Dämmerlicht, das ein angenehmes war, gerade richtig, um einen Nachmittag in wohliger Entspannung zu verbringen. Auf dem Boden lagen jedes Geräusch dämpfende Teppiche. Ein breites frisch bezogenes Bett, ein geräumiger Schrank, ein Tisch mit drei Stühlen und ein bequemer Sessel in der linken Ecke neben dem Fenster bildeten die Einrichtung. Es roch angenehm, leicht nach Lavendel. Neben dem Schrank war eine Tür, die ins angrenzende Zimmer führte. Helles Licht fiel durch den schmalen Spalt darunter. Er drückte vorsichtig mit

leicht klopfendem Herzen die Klinke hinunter. Wie nicht anders von ihm erwartet, war sie verschlossen.

Er widerstand dem Versuch, die Vorhänge aufzuziehen, oder zumindest einen Blick hinter sie zu werfen, um zu sehen, wie es draußen aussah.

Er blickte sich unschlüssig um, obwohl ihre Anweisungen nichts an Deutlichkeit zu wünschen übrig ließen.

Der schmale Lichtstreifen unter der Tür zum Nachbarzimmer zog seine Aufmerksamkeit auf sich. Für den Moment meinte er einen sich dahinter bewegenden Schatten zu erkennen. Aber kein Geräusch drang herüber. Er starrte einige Minuten auf den Lichtstreifen, bis bunte Flecke vor seinen Augen tanzten, aber kein Schatten bewegte sich. Er zuckte mit den Achseln. Seine Fantasie hatte ihm wohl einen Streich gespielt.

Er stellte einen der Stühle wie verlangt einen Schritt vom Fenster entfernt, so daß er mit dem Rücken zur Verbindungstür saß. Er setzte sich aufrecht darauf, die Hände im Schoß gefaltet. Wie ein braver Schüler während des Unterrichtes sitzen sollte, durchfuhr es ihn unwillkürlich. Er mußte über diesen heiteren Gedanken schmunzeln, was ihn für einige Augenblicke entspannte.

Er saß abwartend, einen imaginären Punkt auf dem schweren dunklen Vorhang fixierend und lauschte angestrengt auf jeden noch so kleinen Laut. Seine eigenen Atemzüge waren die einzigen Geräusche unmittelbar im Zimmer.

Irgendwo im Haus wurde die Toilettenspülung betätigt, Wasser rauschte durch die Leitung. Einige Augenblicke Stille. Kaum wahrnehmbare Schritte näherten sich auf dem Gang. Trotzdem konnte er hören, daß es kraftvolle entschlossene waren. Sie konnten die eines Mannes sein, aber auch einer Frau, eindeutig ließ sich das nicht zuordnen. Nein, das waren zweifellos männliche Schritte, die ohne einen Augenblick zu zögern, an seinem Zimmer vorbeigingen. Kurz darauf fiel weiter hinten eine Tür ins Schloß.

Er atmete tief durch. Es schien wenig wahrscheinlich, daß sich seine geheimnisvolle Anruferin nicht schon vor ihm im Zimmer eingefunden hatte.

Die Minuten flossen zäh dahin. Jede Sekunde erschien wie eine kleine Ewigkeit. Draußen quietschte von weither eine Tür. Über ihm Schritte, eindeutig das Klacken hoher Absätze, von irgendwoher ein leises, lustvolles Stöhnen vermischt mit dem kaum wahrnehmbaren rhythmischen Quietschen eines Bettes.

Er hob den Blick zur Decke. In der rechten Ecke über dem Fenster auf Höhe des Waschbeckens war ein kaum sichtbarer Feuchtigkeitsfleck und leichte Staubfäden.

Wie lange mochte er schon hier sitzen? Er hatte jegliches Zeitgefühl verloren. Es konnte erst eine viertel Stunde oder schon der halbe Nachmittag verstrichen sein. Einfach in die Hosentasche greifen und die Taschenuhr hervorzuholen, wagte er nicht. Die Anweisung lautete schließlich unmißverständlich; ganz gleich was passiert, dazusitzen und sich nicht bewegen.

Von irgendwo her vernahm er schwaches Husten. Sein Gehör war bereits so geschärft, daß er die dezentesten Geräusche hören konnte, auch welche, die nur in seiner Vorstellung vorhanden waren.

Ein durch das geschlossene Fenster gedämpft dringender Vogelruf erinnerte ihn daran, daß es noch eine Welt außerhalb dieses Hotelzimmers gab, wenn ihm diese auch weit weg erschien.

Auf einmal wurde für ihn unerwartet der Schlüssel im Schloß der Verbindungstür behutsam gedreht, damit er nicht mehr Laut als nötig erzeugte.

Er hielt den Atem an und erwartete, daß Licht hereinflutete. Doch nichts dergleichen geschah. Es mußten drüben ebenfalls die dicken Vorhänge zugezogen worden sein.

Er fühlte einen Luftzug nahen. Wenige Augenblicke, nachdem die Tür geöffnet worden war, umströmte ein leicht süßlich herbes Aroma seine Nüstern. Nein, ihm fiel keine Frau ein, der er in den letzten Jahren begegnet war, die ein solches Parfum benutzte. Das Aroma hätte er im Gedächtnis behalten, dazu war es zu ungewöhnlich, aber nichtsdestoweniger angenehm.

Er spürte deutlich auf ihn ruhende Blicke. Er hielt den Atem an, aber er konnte nichts hören, kein Rascheln von Stoff, nichts. Und doch war SIE hinter ihm. So sehr hatte er körperlich noch nie die Gegenwart eines anderen Menschen gespürt.

Ein leises Klicken. SIE hatte die Verbindungstür geschlossen. Er spürte ihre Anwesenheit jetzt noch intensiver. Es kostete ihn große Anstrengung, nicht einfach den Kopf zu wenden. Nein, so dumm wie Orpheus würde er nicht sein. Er würde sich nach seiner Eurydike erst umsehen, wenn sie vom Tor zum Hades meilenweit entfernt war und nicht bevor sie es ihm ausdrücklich erlaubte.

Dann spürte er ihre unmittelbare Nähe. Sie berührte ihn fast. Er hörte ihren gleichmäßigen und entspannten Atem, spürte ihre

Wärme, nahm ihr Parfum intensiver wahr, nicht nur dieses, vor allem SIE selbst. SIE roch unglaublich angenehm und – vertraut.

So wie er bewegungslos auf seinem Stuhl saß, nicht einmal wagte, die Augen zu bewegen, immer nur den einen imaginären Punkt vor ihm auf dem Vorhang betrachtend, stand sie hinter ihm. Die Zeit verlor sich, die Gedanken waren einzig auf ihre Gegenwart konzentriert. Er dachte nicht einmal daran, was sie wohl machen, wie lange sie so hinter ihm stehen würde. Er genoß einfach ihre Anwesenheit, vielleicht mehr als hätte er ihr von Angesicht zu Angesicht gegenübergestanden.

Dann spürte er, wie sie sich langsam zurückzog. Es geschah genauso lautlos, wie sie hinter ihn getreten war. Er war sich sicher, daß sie ihn dabei im Blick behielt.

Leise wurde die Verbindungstür geöffnet und ebenso leise wieder geschlossen. Der Schlüssel kratzte kaum wahrnehmbar im Schloß. Sie hatte ihn ohne ein Wort verlassen. Die Anspannung fiel von ihm ab, um einem anderen Gefühl Platz zu machen. Er wußte nicht, was er von der letzten Stunde halten sollte. Mit der Gewißheit, daß nichts mehr geschehen würde, hatte er sich aus seiner selbstgewählten Starre gelöst und die Uhr aus der Tasche geholt. Vor nicht einmal zwei Stunden hatte er das Zimmer betreten. Ihm war es länger erschienen und zugleich wieder nicht.

Er stand auf. Unschlüssig blickte er auf den Stuhl, auf dem er die vergangenen beiden Stunden verbracht hatte. Licht fiel wieder unten durch den Spalt der Verbindungstür. Nicht das leiseste Geräusch war zu vernehmen. Er machte nicht den Versuch, die Klinke zu betätigen. Es war klar, daß sie abgeschlossen war und wenn nicht, würde er mit Sicherheit in ein leeres Zimmer schauen, in dem außer IHREM Parfum nichts war, was ihre Anwesenheit bezeugte, das zwar immer noch diesen Raum dominierte, sich aber langsam verflüchtigte. Er war überrascht, für seine Dezentheit hielt es sich sehr lange. Er atmete tief ein, um so viel als möglich davon in sich aufzunehmen. Er stellte den Stuhl zurück. Er verließ das Zimmer mit einem letzten wehmütigen Blick und ging nach unten.

Der Portier nahm den Schlüssel entgegen, als sei es das selbstverständlichste von der Welt, daß ein Gast vorbestellen läßt, das Zimmer nur rund zwei Stunden nutzte und nach der Rechnung fragt, die im übrigen bereits bezahlt war.

»Von wem«, wollte er wissen.

Die Frage war mehr reflexartig als bewußt geäußert.

»Von einer Dame«, erwiderte der Portier freundlich und gab zu verstehen, daß das alles war, was er an Auskunft erhalten würde.

Er verließ das Hotel. Draußen blieb er einen Augenblick stehen. Er überlegte kurz, ob er nochmal durch den Park gehen sollte, doch dann entschloß er sich, sich ohne Umwege zur Bushaltestelle zu begeben.

Zu Hause wußte er nicht so recht, was er machen sollte. Aus der Distanz und in der vertrauten Umgebung sahen die Dinge schon anders aus. Sollte das nun alles gewesen sein? Einfach zwei Stunden dazusitzen, in einem halbdunkeln Zimmer? Er hatte mit mehr gerechnet, wenn er auch nicht sagen konnte, mit was.

Er kam zu keinem Ergebnis, wußte nicht, ob er enttäuscht oder voller Hoffnung sein sollte, ob es eine Prüfung oder ein Ulk war. Gut, gegen einen Ulk sprach so ziemlich alles.

Das einzige, was aus einem unerklärlichen Gefühl heraus für ihn sicher schien, war, daß sie sich wieder melden und diesem Treffen weitere folgen würden.

3.

Am Abend hätte es ihn überrascht, hätte das Telefon nicht pünktlich um Mitternacht geläutet.

»Ich muß dich loben«, erscholl die vertraute Stimme ohne Gruß, diesmal näher, »obwohl ich nichts anderes von dir erwartet habe, als daß du soviel Disziplin besitzt, meinen Anweisungen bedingungslos Folge zu leisten.«

»Und wenn ich nicht so diszipliniert gewesen wäre?« Er versuchte den Kloß im Hals, der sich einstellte, weil er die Antwort schon vor der Frage kannte, sie nicht hören zu lassen.

»Ich bin überzeugt, daß du es bereits weißt«, entgegnete sie und er glaubte zu sehen, wie ein diabolisches Lächeln ihre Lippen umspielte.

»Na ja, es gibt auch nur eine Möglichkeit.« Er versuchte nonchalant zu klingen, war sich aber sicher, daß ihm das nur unzureichend gelang.

»Darum sehe ich deine Frage auch als rein rhetorische an. Wie gesagt, ich war mir ziemlich sicher, daß du nicht den Versuch machen würdest, dich umzudrehen. Ich kenne dich mittlerweile besser, als du dir vorstellen kannst.«

»Klar, wir haben in der letzten Zeit ja häufig miteinander gesprochen«, meinte er leger.

Ihr tiefes unverhohlenes Auflachen irritierte ihn.

»Von einem Mann deiner Intelligenz hätte ich eine andere Antwort erwartet. Glaubst du, ich hätte nicht schon vieles von dir gewußt, bevor ich dich das erste Mal anrief? Meinst du, ich hätte mich mit einem vollkommen Fremden eingelassen? Nein, unsere Gespräche sollten mir nur meine Recherchen, meine Einschätzung bestätigen und vor allem dich neugierig machen.«

»Wenn du schon vorher soviel von mir wußtest, kenne ich dich vielleicht auch?« Er fragte fast schon zaghaft und aus dem Wunsch heraus, der aus der Verwirrung entsteht, wenigstens auf irgendeine wie auch immer geartete Weise einen Anhaltspunkt zu finden, der zur Klärung dienen könnte.

»Wenn ich sage, daß ich dich bereits vorher gut kannte, impliziert das nicht automatisch, daß du mich auch kennst. Nein, du kennst mich nicht. Du kannst mir glauben, daß wir uns heute nachmittag in diesem Zimmer zum ersten Mal physisch begegnet sind. Doch genug. Es war für uns beide ein aufregender Tag. Du findest dich übermorgen um dieselbe Zeit wieder in dem Zimmer ein. Du sitzt wieder auf dem Stuhl mit dem Gesicht zum Fenster. Mit dem einen Unterschied; du bist diesmal nackt und die Arme läßt du seitlich herunterhängen.«

»Nackt?«, entfuhr es ihm, aber nicht, weil er glaubte, sich verhört zu haben, sondern weil er versuchte, sich vorzustellen, was sie vorhaben könnte. Mit Sicherheit würde sie diesmal nicht bloß eine Stunde regungslos hinter ihm stehen.

»Ich weiß, daß du verstanden hast. Deine Frage ist also überflüssig«, obwohl ganz ruhig ausgesprochen, schwang in den Worten Strenge und kräftiger Tadel mit.

Er entschied sich zu schweigen.

»Wenn das Wetter es zuläßt, kannst du dich ja wieder auf die Bank unter der großen Buche setzen, bevor du ins Hotel gehst, oder machst einen kleinen Rundgang. Der Park ist wirklich sehr schön.« Sie hängte ab, bevor er darauf reagieren konnte.

Sein Gefühl hatte ihn nicht betrogen. Er war beobachtet worden. Aber von wo aus? Von wem? Er hatte niemanden erkennen können, der nur annähernd infrage kam.

Diese Nacht schlief er unruhig. Immer wieder saß er auf dem Stuhl im Zimmer. Doch blieb die Schöne diesmal nicht hinter ihm stehen, sondern trat vor ihn, ging um ihn herum. Aber das Gesicht war im Schatten, ließ sich nicht fassen. Überhaupt sah er Silhouetten von Frauen, die er alle zu kennen schien, von denen er aber keine wirklich identifizieren konnte.

Die ins Schlafzimmer flutende Morgensonne weckte ihn. Obwohl er seine übliche Zeit geschlafen hatte, fühlte er sich unausgeruht, als wäre er übernächtigt zu Bett gegangen und nach wenigen Stunden Schlaf schon wieder aufgeschreckt ohne erneut einschlafen zu können.

Am fraglichen Tag war der Himmel nicht mehr wolkenlos wie vor zwei Tagen. Aber das nahm er nur am Rand wahr. Fast minutiös wiederholte er den Ablauf vor dem ersten Rendezvous. Er setzte sich auf die Bank, die ihm schon vertraut erschien, ließ die Blicke umherwandern. Hatte er seinerzeit nur geglaubt, er würde beobachtet, so war es für ihn jetzt Gewißheit. Aber auch diesmal konnte er niemanden entdecken, der infrage kam. Obwohl – die große elegante Brünette dort hinten. Aber andererseits – nein, die war es nicht und SIE würde sich sicher nicht so zeigen, daß er sie sofort entdeckte.

Er sah auf die Uhr. Es war Zeit für den Rundgang. Er kreuzte den Weg der Brünetten. An jedem anderen Tag hätte er ihr zumindest ein Lächeln geschenkt, war sie doch der Typ, den er bevorzugte, aber er nahm sie kaum zur Kenntnis.

Der Portier reichte ihm beim Eintreten wortlos den Zimmerschlüssel, wie einem langjährigen Stammgast, der selbst schon Teil des Hauses geworden war.

Wie selbstverständlich schloß er die Zimmertür auf, steckte den Schlüssel von innen ins Schloß. Die Vorhänge waren zugezogen, Licht fiel unter der Verbindungstür hervor. Ihm war, als hätte er das Zimmer lediglich für einige Minuten verlassen.

Er stellte den Stuhl an seinen Platz und zog sich ohne weiter zu überlegen aus, legte die Sachen ordentlich über einen der beiden anderen. Er setzte sich aufrecht auf den Stuhl, die Beine zusammen, die Arme seitlich locker herunterhängend.

Erst jetzt erfaßte ihn diese gewisse Nervosität wieder. Einfach auf dem Stuhl zu sitzen, war eine Sache, dasselbe nackt zu tun, eine andere. Zumal seine Nacktheit ja eine zweifache war. Einmal seine physische und dann der Umstand, daß sie ihn ja gut kannte, während er eigentlich so gut wie nichts von ihr wußte. Nicht einmal den Namen, geschweige denn ihr Alter, ihr Äußeres. Einzig, daß sie eine gebildete und kultivierte Frau war, war gewiß, das hatte sich aus ihrer Art sich zu äußern ergeben.

Diesmal schien sie ihn nicht so lange warten zu lassen oder es kam ihm lediglich kürzer vor. Wieder öffnete sich die Verbindungstür fast lautlos, fühlte er, wie ihr Duft langsam zu ihm strömte. Wie vertraut ihm ihr Parfum bereits war! Wieder verharrte sie einige Minuten, ehe sie sich ihm von hinten näherte. Heute jedoch mußte er sich nicht beherrschen, damit er sich nicht umdrehte. Heute dachte er nicht einen Moment daran, den Kopf zu wenden, in ihre Richtung zu sehen.

Für den Augenblick durchzuckte ihn der Gedanke, ob sie am Ende gleichfalls nackt sei, wie ein elektrischer Schlag. Zugleich erschien ihm die Vorstellung unwahrscheinlich, ohne daß er den Grund dafür hätte nennen können.

Sie war dicht hinter ihm. Er spürte ihre Wärme, ihren Atem, und wußte sofort, daß sie nicht nackt war.

Er fühlte sich ein bißchen schutzlos, ausgeliefert, nackt in mehrfacher Hinsicht.

Bevor er die Überlegung anstellen konnte, ob sie auch heute wieder nur hinter ihm stehenbleiben würde, sah er schon das schwarze Tuch dicht vor dem Gesicht und im nächsten Moment spürte er die kühle Seide über den Augen, wie sie es mit einem straffen Knoten im Nacken befestigte. Er war des Sehsinns vorübergehend beraubt. Sie hatte ihm das Tuch so geschickt umgebunden, daß er keinerlei Möglichkeit hatte, irgendwie unten hindurch zu blicken.

Als Nächstes spürte er ihren warmen Atem am Hals und kurz darauf ihre Zähne auf der Haut. Ob mit Absicht oder zufällig, sie berührte die Stelle, unter der die Schlagader floß. Sie grub ihm die Zähne langsam und fest in die Haut.

Natürlich war es absurd, aber er konnte den Gedanken nicht ignorieren, daß sie nur mit ganzer Kraft zubeißen mußte, um ihm ins Jenseits zu befördern. Die Vorstellung, daß sein warmes Blut sich in ihren Mund ergoß, jagte ihm einen gruseligen aber nicht wirklich unangenehmen Schauer über den Rücken.

Ihr Biß war ein normaler Liebesbiß, wie er schon etliche bekommen und selbst ausgeteilt hatte. Er tat zwar etwas weh, würde auch eine Zeitlang als sogenannter Knutschfleck sichtbar bleiben, war aber absolut harmlos.

Sie biß ihn kurzerhand noch zweimal und er rührte sich nicht, verzog nicht einmal eine Miene.

Sie richtete sich wieder auf. Mit sichtlicher Zufriedenheit, wie er spürte. Weil er nichts sehen konnte, konzentrierte er sich automatisch auf die übrigen Sinne. Daß man mit geschlossenen Augen besser hört, erfuhr er nicht zum ersten Mal. Ihr Atem schien ihm schwerer geworden zu sein.

Sie beugte sich von hinten über ihn. Er spürte, wie sie ihm die Nägel auf Bauchhöhe in die Haut drückte und sie langsam den Körper hinaufzog. Es war ein angenehmes Gefühl. Mit etwas mehr Nachdruck hätte sie blutige Striemen darauf hinterlassen. Unmittelbar unterhalb der Brustwarzen löste sie den Druck, was ihn leicht enttäuschte.

Er hörte, wie sie um ihn herumging und vor ihm stehen blieb. Nahm er es jetzt so deutlich wahr, weil sie ihre Vorsicht abgelegt hatte oder weil das Gehör durch die verbundenen Augen geschärft war?

Sie befanden sich nun von Angesicht zu Angesicht und er sah – nichts.

Zuerst glaubte er, sie würde lediglich vor ihm stehen bleiben, denn eine Weile geschah nichts. Doch dann setzte sie sich ihm rittlings auf den Schoß und legte ihm die Hände locker auf die Schultern.

Auf ihn strömten dabei soviel Eindrücke gleichzeitig ein, daß er kaum in der Lage war, sie zu ordnen, zu sagen, was ihm als erstes aufgefallen war.

Jedenfalls war sie keine kleine und zierliche Person, aber das hatte er ohnehin nie ernsthaft angenommen. Ihre Brüste berührten ihn leicht. Dem Empfinden nach war ihre Bluse aus Seide. Der Stelle nach, wo sie ihn berührten, mußte sie relativ groß sein, was auch mit dem Gewicht, das er spürte, übereinstimmte. Sie war eher kräftig als schlank. Sie hatte die Beine nach hinten angewinkelt. Sie trug eine enge Hose aus weichem Leder und vermutlich hohe Absätze. Ihre Hände waren schlank und die Nägel mittellang. Er spürte einzelne Haare im Gesicht. Sie dufteten fruchtig. Es sprach viel dafür, daß sie lang waren.

Es dauerte etwas, bis er bemerkte, daß er bereits bevor sie sich auf seinen Schoß gesetzt hatte, eine ansehnliche Erektion bekommen hatte und sie, ob beabsichtigt oder nicht, so auf ihm saß, daß diese gegen ihr Schambein drückte, lediglich weiches Leder dazwischen.

Im ersten Moment war ihm das zutiefst peinlich, doch sofort schalt er sich einen Narren. Ein lustlos und schlaff herabhängendes ›Etwas‹ wäre ein Grund zur Peinlichkeit, denn das hätte SIE überraschen müssen.

So wie er unbeweglich auf dem Stuhl saß, saß sie auf seinem Schoß. So schön das anfangs auch war, mit der Zeit wurde es unbequem. Der Stuhl war ungepolstert. Nach einer gewissen Zeit wird auch eine zarte Elfe zur profanen körperlichen Last. Und doch wünschte er, sie möge noch lange so sitzen bleiben. Seine Erektion war um keinen Deut abgeklungen, im Gegenteil.

Bevor ihr Gewicht für ihn wirklich unangenehm wurde, stand sie auf. Sie blieb breitbeinig über ihm stehen, er spürte ihre Beine an den Schenkeln. Plötzlich griff sie ihm fest in den Nackten, beugte ihm den Kopf nach hinten, so daß es schmerzte. Im nächsten Moment spürte er ihre weichen Lippen auf seinen und ihre Zunge im Mund. Sie gab ihm einen relativ kurzen aber intensiven Kuß, der ihm nicht nur sprichwörtlich den Atem raubte.

Sie ließ seinen Kopf los und ging leise aber festen Schrittes ins andere Zimmer. Nachdem er das Kratzen des Schlüssels im Schloß vernommen hatte, nahm er das Seidentuch von den Augen. Es war nicht leicht gewesen, den Knoten zu öffnen. Die Augen hatten solange kein Licht mitbekommen, daß er trotz des Halbdunkels blinzeln mußte und etwas Zeit benötigte, bis er sich daran gewöhnt hatte.

Er sah an sich hinunter. Ihre Nägel hatten deutliche Rötungen hinterlassen und ein Blick in den Spiegel über dem Waschbecken zeigte ihm die Spuren ihrer Liebesbisse, die er wie Trophäen betrachtete.

Er setzte sich wieder auf den Stuhl, doch nicht, weil er unschlüssig war, was weiter zu tun sei, sondern weil die verdammte Erektion einfach nicht abklingen wollte. Und mit ihr war es nicht leicht in die Hosen zu kommen.

Doch bekanntlich ist nichts von Dauer, auch wenn es manchmal so scheint. Wenig später stand er wieder vor dem Hotel in der Nachmittagssonne, das schwarze Seidentuch in der Hand haltend.

4.

»Auch diese Prüfung hast du bestanden«, sagte sie voller Zufriedenheit über das Erreichte.
Ja, sie konnte zufrieden mit sich sein. Er konnte sich nicht erinnern, jemals soweit einer Frau entgegengekommen zu sein und wollte nichts sehnlicher, als ihr noch weiter zu folgen. Für ihn war es seit längerem das schönste Lob, das er erhalten hatte.
»Ich muß morgen unerwartet für einige Zeit verreisen.« Ein unangenehmer schmerzhafter Stich durchfuhr ihn. Er hätte sie am liebsten bereits am nächsten Tag wiedergesehen. »Heute in einer Woche findest du dich wieder am bekannten Ort ein. Das Tuch bringst du mit. Du setzt dich wieder nackt auf den Stuhl. Das Tuch legst du auf dem Tisch ab. Ich werde es wieder benötigen. Damit du etwas hast, auf das du dich freuen kannst; dich erwartet eine kleine Belohnung für deine Folgsamkeit.«
Diese Woche wurde für in die längste, an die er sich erinnern konnte. War es nur die Aussicht auf eine ›Belohnung‹ oder weil er es generell nicht erwarten konnte, SIE wiederzusehen? Aber war das eine nicht untrennbar mit dem anderen verknüpft? Seine Gedanken waren fast immer bei IHR.
Es war zum Ritual geworden, daß er den zeitlichen Ablauf des ersten Treffens fast minutiös wiederholte; auf der Bank zu sitzen, obwohl es ein trüber, regnerischer Tag war; dieses unbestimmte Gefühl, beobachtet zu werden, das sich immer zu unterschiedlichen Zeiten einstellte, mal saß er kaum auf der Bank, ein anderes Mal war er kurz davor seine Runde zu machen. Demnach konnte es nicht wirklich Einbildung sein. Seine Runde durch den Park machen; das Hotel betreten; den Schlüssel in Empfang nehmen; die Treppe hinaufgehen. Vor dem Aufschließen den Gang zu beiden Seiten hinunterschauen, zögernd eintreten; den Schlüssel von innen ins Schloß stecken. Beim Anblick des abgedunkelten Zimmers ersetzte ein Gefühl von Vertrautheit seine Nervosität.
Aufgrund des trüben Wetters war es dämmriger als gewöhnlich, doch war ihm die Umgebung mittlerweile so vertraut, daß er sich auch im Dunkeln zurechtfand. Er holte das schwarze, sorgfältig zusammengefaltete Tusch aus der Jackentasche, legte es liebevoll auf den Tisch, dann stellte er den Stuhl an seine angestammte Postion und zog sich aus. Ordentlich hängte er seine Sache über einen der

beiden anderen. Mehr aus Gewohnheit warf er dabei einen Blick zur Verbindungstür mit dem gewohnten Lichtstreifen darunter.
Er setzte sich auf den Stuhl.
Diesmal schien sie ihn länger warten zu lassen. Oder kam es ihm in Erwartung der versprochenen ›Belohnung‹, von der er keine Vorstellung hatte, wie sie ausfallen könnte, nur so vor? Er lauschte ebenso angespannt auf die ihn umgebenden Geräusche wie beim ersten Mal. Erneut wurde irgendwo eine Toilettenspülung betätigt, hörte er leise Schrittgeräusche von irgendwo über ihm, waren durch den Läufer im Gang gedämpfte Schritte zu vernehmen, die ohne einen Augenblick des Zögerns an seinem Zimmer vorbeigingen.
Je länger er unbeweglich und erwartungsvoll auf seinem Stuhl saß, desto ungeduldiger wurde er. Sollte sie am Ende nicht hier sein? Sollte er womöglich umsonst warten? Ein beklemmend kaltes Gefühl der Angst durchströmte ihn und ließ ihn eine Gänsehaut empfinden, obschon es warm war. Immerhin war das Zimmer reserviert, andernfalls hätte der Portier ihm sicherlich nicht den Schlüssel wie selbstverständlich ausgehändigt. Und doch konnte er die Befürchtung nicht verdrängen, ja, die Angst – schließlich gab es keine schlüssige Begründung, daß sie nicht kommen würde – begann ihn zu beherrschen. Da kratzte in seine Gedanken hinein das Schloß der Verbindungstür. Er hielt den Atem an, glaubte zuerst, sich verhört zu haben. Aber ihr Parfum umwehte bereits seine Nüstern. Erleichterung machte sich in ihm breit. Sie hatte ihn absichtlich warten lassen.
Die Verbindungstür wurde wieder geschlossen. Langsam aber mit sicheren Schritten näherte sie sich ihm. Er hörte zum ersten Mal, wie sie mit den Absätzen entschlossen auftrat. Sie blieb hinter ihm stehen. Er spürte ihre Wärme, ihre Nähe, ihren Duft. Freude durchströmte ihn. Sie blieb einige Minuten hinter ihm stehen. Er war versucht, etwas zu sagen, doch er unterließ es. Sie hatte es ihm schließlich nicht erlaubt.
Es war derart still im Zimmer, daß er das kaum wahrnehmbare Rascheln des Tuchs hörte, als sie es vom Tisch nahm. Kurz darauf band sie es ihm vor die Augen.
Er hatte den Eindruck, daß sie heute weitaus entschlossener vorging. Wahrscheinlich beherrschte ihn auch der Wunschgedanke, doch konnte er sich des Gefühls nicht erwehren, daß sie zum ersten Mal in ihm wirklich ihr persönliches Eigentum sah.

Kaum hatte sie sich vom richtigen Sitz der Binde überzeugt, ergriff sie seine Rechte und forderte ihn auf, aufzustehen.

Ihre Hand fühlte sich angenehm warm und trocken an. Sie war schlank, hatte einen kräftigen, entschlossenen Griff. Er drückte sie zärtlich. Sie erwiderte seinen Druck. Ein Gefühl der Freude durchströmte ihn.

Sie führte ihn zum Bett und forderte ihn sanft aber bestimmt auf, sich rücklings daraufzulegen. Er tat es etwas unsicher, schließlich sah er nichts. Als er annahm, einigermaßen mittig darauf zu liegen, entspannte er sich. Er hörte, wie eine Schublade aufgezogen wurde, es leise klirrte.

Sie kniete sich neben ihn aufs Bett. Sie berührte ihn. Er fühlte weiches körperwarmes Leder. Ob sie eine Vorliebe für enge Lederhosen besaß? Sie riß ihn aus diesen Überlegungen, da sie ihm eine breite weiche lederne Manschette ums rechte Handgelenk befestigte. Sie beugte sich über ihn und legte ihm auch ums andere Gelenk eine an. Dann bog sie ihm die Arme sanft und zugleich kraftvoll über den Kopf und band ihn mit kurzen Seilen, die sie an den Manschetten befestigte, ans Kopfende. Mit seinen Beinen verfuhr sie ebenso.

An sich war das für ihn nicht wirklich neu, von einer Frau ans Bett gefesselt zu werden, aber es war bisher nie durch eine im Grunde Fremde und mit verbundenen Augen geschehen. Dennoch vertraute er gerade ihr bedingungslos.

Er hörte, wie sie einen Schritt zurücktat, ihren leicht beschleunigten Atem, konnte sich gut vorstellen, wie sie neben dem Bett stand und ihr Werk betrachtete. Er hätte zu gerne gewußt, was sie dachte und vor allem, was sie mit ihm machen würde.

Er vernahm ihren entschlossenen Schritt, wie sie langsam ums Bett herumging, um ihn von allen Seiten zu betrachten. Sie blieb stehen. Er lauschte auf ihren Atem, der etwas schneller ging und das keinesfalls vor Anstrengung.

Er vernahm das Geräusch eines sich öffnenden Reißverschlusses beinahe unnatürlich laut, sie mußte auf Höhe seines Kopfes rechts neben dem Bett stehen. Er erwartete das typische leise Rascheln von Stoff, wenn sich jemand entkleidet. Doch es erfolgte kein weiteres Geräusch, das auf ein Entkleiden ihrerseits hinwies, statt dessen nur ihren deutlich heftigeren, auf Erregung schließenden Atem.

Ihr linkes Knie drückte die Matratze auf Höhe seiner Hüften

ein. Mit einer fließenden Bewegung stieg sie über ihn. Er spürte, wie sie auf Höhe seiner Oberschenkel kniete, fühlte das weiche, warme Leder ihrer Hose an seinen Flanken. Er fragte sich, welchen Reißverschluß er gehört hatte, denn sie war offenkundig immer noch angekleidet. Er spürte die Sohlen ihrer Stiefel dicht an seinen Waden. Er konnte sich des Gefühls nicht erwehren, daß sie Overknees trug.

Die Vorstellung, daß sie zu ihrer Lederhose, die ihren schönen wohlgeformten Frauenkörper, wie eine zweite Haut umschmiegte, Overknees trug, beschleunigte seinen Atem, schließlich war er mit Leib und Seele Fetischist.

Sie beugte sich vor und stützte sich mit den Armen auf Höhe seiner Brust ab, so daß sie auf allen vieren über ihm kniete. Er fühlte ihren warmen wohlriechenden Atem im Gesicht. Sie schien ihre Haare hochgesteckt oder zu einem Zopf geflochten zu haben oder etwas Vergleichbares, andernfalls hätte er sie spüren müssen, durch ihre letzte Begegnung wußte er, daß sie lang waren.

Er konnte nicht sagen, wie lange sie in dieser Position verharrte. Als er sich schon leicht ungeduldig zu fragen begann, wann sie etwas anderes tun würde, als ihn nur zu betrachten, fühlte er, wie sie sich aufwärts bewegte, spürte schließlich ihren Schoß über seinem Gesicht und erfuhr, welchen Reißverschluß er gehört hatte – ihre Lederhose besaß einen durch den Schritt führenden. Das wunderbare Aroma ihrer Möse strömte in seine Nase. Reflexartig berührte er sie mit der Zunge, sie schmeckte herrlich und war wundervoll naß. Ein lustvolles Schnurren kam unter seinen Liebkosungen über ihre Lippen. Doch gönnte sie ihm nicht lange das Vergnügen, sie zu riechen und zu schmecken und zu liebkosen. Sie entzog sich ihm etwas abrupt und setzte sich auf seine Oberschenkel.

Nun streichelte sie ihn mal sanft, mal kraftvoll, mal grub sie ihm die Nägel in die Haut, zwickte ihn, biß ihn leicht, lediglich die Genitalien ließ sie aus. Was auch nicht nötig war, seine Erektion war so schon mehr als intensiv.

Für ihn unerwartet und doch erwünscht führte sie ihn sich ein. Es war für ihn ein unglaubliches schönes Gefühl, endlich in IHR zu sein. Ihre nun folgenden Bewegungen waren gleichmäßig, fast wie die einer Maschine. Er hörte ihre Atemzüge sich nicht wesentlich beschleunigen. Das irritierte ihn. Gehörte sie am Ende zu den Frauen, die ihre Lust nur leise äußerten? Er konnte es sich irgendwie nicht vorstellen. Er dachte aber nicht weiter darüber nach, denn seine Erregung lenkt ihn ab. Er spürte, wie er sich immer mehr einem Orgasmus näherte, der sich mit großer Intensität einstellte, begleitet von dem Gefühl, sich endlos in ihr zu ergießen.

Dieser war kaum verklungen, als sie auch schon von ihm stieg. So plötzlich von ihrem Gewicht befreit, kam er sich reichlich verlassen vor. Was würde sie jetzt machen? Was hatte sie überhaupt weiter mit ihm vor?

Er hörte, wie sie den Reißverschluß ihrer Lederhose wieder schloß. Er wurde nervös. Was kam jetzt? Ging sie am Ende, ohne ihn loszubinden? Panik befiel ihn. In der er aber nicht lange bleiben mußte. Sie löste ihm die Armfesseln. Er blieb ruhig liegen, wartete darauf, daß sie dasselbe mit den Fußfesseln tat. Doch nichts dergleichen geschah. Ihre festen Schritte gingen nicht ums Bett herum, sondern entfernten sich.

Als er das vertraute Geräusch der sich schließenden Verbindungstür hörte, wußte er, daß sie ihn allein gelassen hatte, daß ihre Begegnung für heute beendet war.

Reichlich verwirrt richtete er sich auf, nahm zuerst die Augenbinde ab. Er mußte kurz blinzeln. Das Zimmer kam ihm heller vor, als es war. Er nahm die Fußfesseln ab. Die Armfesseln lagen auf dem Tisch. Ein Zettel daneben:

Lege die Fesseln in die Nachttischschublade, das Tuch nimm wieder mit nach Hause.

Sie hatte eine entschlossene, schöne Schrift ohne Schnörkel. Er drehte den Zettel unschlüssig in der Hand, während er sich im Raum umsah.

Unter der Verbindungstür drang wieder der helle Streifen ins Zimmer. Ihn fröstelte leicht und es lag nicht daran, daß er nackt und es im Raum womöglich kühler geworden war. Es war eher zu warm. Ihn beschlich zum ersten Mal der Verdacht, daß er für sie eine Art ›Zeitvertreib‹ war. Warum war sie andernfalls einfach gegangen, nachdem sie ihm einen Orgasmus verschafft hatte? Daß sie dabei nicht zum Zuge gekommen war, stand für ihn außer Zweifel. Die Anzahl seiner Verflossenen war im Verhältnis zu anderen Männern seines Alters und Bekanntenkreises zwar eher bescheiden, aber er wußte nur zu gut, daß eine Frau, die selbst Lust dabei empfindet, sich anders verhielt.

Über diese Gedanken merkte er nicht, wie er die Fesseln in die

Schublade zurücklegte. Erst als er das Hemd zuknöpfte, wurde ihm bewußt, daß er zum Gehen bereit war.

5.

     Nachdenklich ging er nach Hause. Er hatte diesen Nachmittag außerordentlich genossen, dennoch konnte er sich im Nachhinein nicht wirklich daran erfreuen. Ihr schnelles Zurückziehen, nachdem sie ihn zum Orgasmus gebracht hatte, ließ ihn nicht los. Dabei war es nicht auffällig rasch gewesen, nicht im Sinn von hastig oder gar fluchtartig. Er war sich sicher, daß sie den Blick noch eine Weile auf ihn hatte ruhen lassen, bevor sie ihn verlassen hatte. Vielleicht hatte sie ihn sogar mit einem liebevollen Lächeln betrachtet.

Als er seine Wohnungstür aufschloß, wußte er, was ihn bedrückte; sie hatte in jedem Augenblick bestimmt und – was für ihn ebenso schwerwiegend war – er hatte sie anschließend nicht in die Arme nehmen können.

Er zog die Schuhe aus und ließ sich, die Beine weit von sich gestreckt, aufs Sofa fallen. Nein, heute würde er nicht vor dem Schlafengehen duschen. Er wollte IHREN Geruch solange als möglich am Körper behalten.

Er konnte nicht sagen, wie lange er dagesessen und versucht hatte, seine Gedanken, seine Eindrücke zu ordnen, als das Telefon läutete. Es war gerade einmal früher Abend. Die Dämmerung setzte erst ein und doch wußte er, daß sie es war.

»Wie hat dir deine Belohnung gefallen«, fragte sie sofort, nachdem er sich mit etwas rauher Stimme gemeldet hatte.

»Ja, doch, gut«, erwiderte er mit leicht kratzendem Tonfall.

»Das klingt eher nach dem Gegenteil«, fragte sie unwillkürlich teilnahmsvoll und ihre Stimme zitterte zum ersten Mal leicht. Doch ihm entging das. Er war zu sehr mit seinen eigenen Gefühlen beschäftigt.

»Es war schon schön, dich zu spüren. Aber du bist nicht zum Zuge gekommen.« Zu sagen, daß er sie gerne noch in die Arme geschlossen hätte, traute er sich nicht.

»Nein, das wollte ich auch nicht«, lachte sie fröhlich und wieder selbstsicher auf. »Die Belohnung war für dich allein gedacht. Wäre ich gleichfalls gekommen, hätte ich in erster Linie mich ›belohnt‹.«

»Macht dir denn Sex an sich keinen Spaß?« Schon wieder so eine blöde Frage! War er denn seit seiner Pubertät nicht weitergekommen? Er hätte sich dafür selbst ohrfeigen können.

»Es gibt kaum etwas, was ich so gerne habe wie Sex. Wenn die Menschen ehrlich gegen sich selbst wären, würden sie vorbehaltlos zugeben, daß sie nichts lieber als solchen haben und am besten sooft und fantasievoll wie möglich. Daß Sex eines der wenigen Dinge ist, die ihren Sinn in sich selbst tragen und für die es sich allein zu leben lohnt. Aber du scheinst da doch eher eine reichlich überkommene Vorstellung zu haben.« Sie klang einerseits nachsichtig, andererseits spürte er, daß sie am liebsten sagen würde, daß er für einen Mann seines Alters sehr naive Ansichten besaß.

»Beruhigt es dich, wenn ich dir versichere, daß du noch genug Gelegenheit haben wirst, zu erleben, wie *ich* komme. Wie ich *meine* Lust, *meine* Geilheit genieße. Allerdings wirst dann *du* unter Umständen dabei leer ausgehen.«

»Ja«, beeilte er sich zu sagen und nicht nur, weil sie recht hatte und ihm seine Frage im Nachhinein über alle Maßen peinlich war.

»Siehst du, du mußt mir nur vertrauen. Du wirst es nicht bereuen. Um dich zu beruhigen; ich habe soeben ausgiebig onaniert, im wundervollen Gefühl, dein Sperma noch in mir zu haben, gekleidet, wie ich dir Lust verschafft habe und habe mich noch nicht umgezogen. Gibt es noch etwas, was dich beschäftigt«, fügte sie gönnerhaft hinzu.

»Ja, ich wüßte gerne, wie du aussiehst.«

»Du hast doch schon soviel von mir ›gesehen‹.«

»Wie denn? Du hast mir doch entweder verboten dich anzusehen oder mir die Augen verbunden.«

»Sehen ist mehr als nur ein Abbild auf der Netzhaut. Das wird gerne in einer visuell orientierten Welt vergessen. Du kannst davon ausgehen, daß du auf diese Weise ein durchaus differenziertes Bild von mir bekommen hast.«

»Ja, wahrscheinlich hast du recht.« Er dachte an ihren Genitalgeschmack, ihren Geruch, er hatte ihr Gewicht gespürte, ihre Lippen, ihre Zunge, ihre Zähne, ihr Haar im Gesicht. Ja, doch, er hatte sie ausführlich ›gesehen‹. Er wußte, daß sie groß und sportlich schlank war, mit einer Tendenz zum Molligen, mittelgroße Brüste, lange Haare, volle weiche Lippen und mittellange Nägel hatte. Wahrscheinlich hätte er sie sofort wiedererkannt, wenn er ihr zufällig irgendwo begegnet wäre. Dennoch hätte er gerne ihr ›Abbild auf der Netzhaut‹ gehabt. »Aber ich kenne weder deine Haar- noch deine Augenfarbe«, war das einzige Gegenargument, das ihm noch einfiel.

»Ist das so wichtig?« Sie lachte erneut nachsichtig auf. »Ist es wirklich so entscheidend, ob ich blond oder brünett oder rothaarig bin oder rabenschwarzes Haar besitze, dunkle oder graue oder blaue oder grüne Augen?«

Nein, das war es nicht und ihm ging auf, wie einfältig und oberflächlich es doch war, allzu viel Wert auf Äußerlichkeiten zu legen. Auch, wenn er sich ihr Haar gerne dunkel, fast schwarz und ihre Augen von einem tiefen Braun dachte. Das schien ihm besser mit ihrem weichen Alt zu harmonieren.

Sie betrachtete sein Schweigen als Zustimmung.

»Siehst du, wenn man erst über scheinbare Selbstverständlichkeiten nachdenkt, wird einem bewußt, daß sie oft nicht die Bedeutung haben, die ihnen gerne zugeschrieben werden. Nun aber genug mit deinen Zweifeln. Die lasse ich nicht mehr zu. Du vertraust dich mir einfach an, Punktum. Und ich weiß, daß du ohnehin nichts anderes willst.«

Damit hatte sie recht. Das wurde ihm durch ihre Worte bewußt.

»Ja«, sagte er nur, aber voller Überzeugung.

»Du wirst demnach *alles* tun, was ich zukünftig von dir verlange?«

»Ja, aber habe ich das nicht schon?«

»Das waren Prüfungen, sozusagen Aufnahmeprüfungen, die du durchaus mit Bravour bestanden hast, darum auch die Belohnung heute. Dein Schade soll es nicht sein, auch wenn du, wie schon gesagt, nicht immer der Nutznießer sein wirst. Doch genug! Du findest dich übermorgen zur bekannten Stunde am bekannten Ort ein. Und diesmal bringe mehr als genug Zeit mit. So schnell wirst du von mir nicht entlassen werden, denn nun beginnt deine ›Ausbildung‹.«

Er atmete tief durch. Er wußte nicht, was er lieber täte, als in ihre ›Schule‹ zu gehen, obwohl er nicht einmal eine vage Vorstellung besaß, wie diese aussah.

Bevor sie abhängte, sagte sie:

»Um etwas zu haben, auf das du dich freuen kannst; in absehbarer Zeit wirst du auch mein Abbild auf deiner Netzhaut haben, ich kann dir nur nicht versprechen, ob das in einer Woche oder einem Monat oder einem halben Jahr sein wird.«

Sein Herz hüpfte vor Freude, aber ein kleiner Wermutstropfen mischte sich darunter, würde es das Bild, das er bereits von ihr hatte abrunden? Oder würde es ihn dann bereits als nebensächlich erscheinen?

Das kleine Schuhgeschäft

»Bis morgen.« Robert schloß die Tür hinter Lore und Cornelia, seinen Verkäuferinnen. Er warf einen kurzen Blick auf die Uhr. Noch eine viertel Stunde bis er für diesen Tag das kleine, auf Damenschuhe spezialisierte Geschäft, das er bereits in der dritten Generation führte, schließen konnte.

Es war ein lauer Frühlingsabend, eigentlich zu schade, um diesen mit lästigen täglichen Büroarbeiten zu verbringen, womit er etwa eine Stunde würde zubringen müssen, bevor er ebenfalls nach Hause gehen konnte. Hoffentlich erschien keine Kundin mehr. Vor der Zeit wollte er aber nicht schließen, selbst wenn es sich nur um fünf Minuten handelte. Jetzt waren es noch zehn.

Er spielte gedankenverloren mit den Schüsseln in der rechten Hosentasche. Er betrachtete, die im großen Schaufenster ausgestellten Schuhe aus feinem Leder, deren Absätze überwiegend mittelhoch bis beinahe turmhoch waren.

Hochwertige und dennoch erschwingliche Schuhe waren seit jeher das Motto des Geschäfts gewesen. Wohlhabend war er ebensowenig wie seine Vorfahren dadurch geworden. Trotz allem würde er es gegen nichts anderes eintauschen wollen. Ein nicht unbeträchtlicher Teil seiner Kundinnen besaß schöne Beine und schöne Frauenbeine gefielen ihm nun einmal sehr. So konnte er seiner Vorliebe ungestört frönen, ohne daß sich irgend jemand etwas dabei dachte.

Lore und Cornelia ahnten zwar, daß er sie nicht allein aufgrund ihrer guten Zeugnisse eingestellt hatte, sondern daß deren schöne lange Beine, den eigentlichen Ausschlag gegeben hatten. Da er ein umgänglicher Chef und ein attraktiver, wenn auch etwas zurückhaltender Vierziger war, waren sie überzeugt, daß sie es kaum besser hätten antreffen können, zumal sie Schuhe und echte Nylons – ihre persönliche Leidenschaft, die er in großer Auswahl führte – zum Selbstkostenpreis erstehen konnten.

Er sah erneut auf die Uhr. In rund drei Minuten konnte er schließen. Er holte den Schlüssel aus der Hosentasche und wollte die Hand bereits auf den Türgriff legen, da drückte eine Frau die

Tür auf. Er trat unwillkürlich einen Schritt zurück, um die Tür nicht gegen den Kopf gestoßen zu bekommen.

»Ich wollte gerade schließen«, sagte er mehr reflexartig, darum auch leicht verlegen, da es mehr seinem Wunsch als seinem Geschäftsprinzip entsprach.

»Würden Sie eine Ausnahme machen? Es dauert auch nicht lange«, fragte sie freundlich mit einer warmen Altstimme und sah ihn mit einem Blick an, dem kaum etwas abzuschlagen war.

Sie war etwas größer als er, was an den beinahe turmhohen Absätzen ihrer Schuhe lag, denen sein erster Blick galt. Es handelte sich um einen beruflichen Reflex, den Leuten zuerst auf die Schuhe zu sehen. ›*Zeige mir die Schuhe, die du trägst und ich sage dir, wer du bist*‹, könnte sein Leitmotiv sein. Ihre Schuhe waren aus feinem Leder. Obwohl gepflegt, war ihnen anzusehen, daß sie häufig getragen wurden, was noch etwas mehr die Liebhaberin hochhackigen Schuhwerks verriet.

Nach diesem ersten positiven Eindruck hob er den Blick und betrachtete den ›Rest‹ seiner späten Kundin, die einen knielangen Rock und ein langärmliges Oberteil aus stoffweichem weinrotem Leder trug, die sich wie eine zweite Haut um ihren femininen, zum Molligen tendierenden, wohlproportionierten Körper schmiegten. Allzu schlanke Frauen hatten noch nie seinen Gefallen gefunden.

»Na gut.« Er unterdrückte einen Seufzer, nicht weil er noch eine Kundin bedienen mußte, sondern weil sie zu den Frauen gehörte, denen man(n) nur wenig abschlagen konnte und die das wußten. »Wenn es Sie nicht stört, daß ich solange hinter Ihnen abschließe.«

»Nein, so sind wir ungestörter«, erwiderte sie mit einem leisen Lächeln, und strich sich mit der behandschuhten Rechten mit einer nonchalanten Geste eine Strähne ihrer schwarzen, schulterlangen Locken aus der Stirn. Ihre Handschuhe waren aus dem gleichen Leder wie Rock und Oberteil.

Er schloß die Tür hinter ihr ab, den Schlüssel schob er in die Hosentasche zurück.

Das schwere, betörende Parfum seiner späten und schönen Kundin erfüllte bereits den Laden und wirkte leicht betäubend. Sie betrachtete ein Paar zehenfreier Schuhe aus schwarzem Lack mit sehr hohen Absätzen, die in einem kleinen Regal neben der Tür standen. Beinahe liebevoll nahm sie den rechten Schuh in die Hand und sah ihn genauer an.

Das ermöglichte ihm, ungeniert ihre Rückfront zu betrachten. Hätte sie etwas anderes als hautfarbene *echte* Nahtnylons getragen, hätte ihn das gewundert. Ihre Hüften mochten für manchen zu breit sein, doch er fand sie richtig, betonten den besonderen erotischen Reiz von Leder, weil sich der Rock auf betörende Weise darüber spannte.

Überhaupt fand er, daß üppigere Frauen besser aussahen als die allzu mageren. Wer auf jedes Gramm Gewicht achtete, verstand es nicht, nicht nur im Kulinarischen zu genießen, sondern dem fehlte meist auch auf anderen Gebieten die Fähigkeit, genießen zu können – ihm war bewußt, daß er pauschalisierte, aber wirklich falsch lag er nicht damit.

»Haben Sie diese in meiner Größe«, riß sie ihn aus seinen Betrachtungen und reichte ihm den Schuh.

Ob es ihr aufgefallen ist, wie *ich* sie betrachtet habe, fragte er sich leicht verunsichert.

»Größe 40?« Es war mehr eine Feststellung als eine Frage.

In der Regel genügte ihm ein Blick auf die Füße einer Kundin, um die richtige Größe festzustellen.

»Manchmal sogar etwas mehr. Ich lebe auf großem Fuß.« Es besaß zwar einen leicht entschuldigenden Unterton, jedoch schien es sie nicht zu stören, und leicht doppeldeutig klang es zudem, aber das konnte er sich auch einbilden.

»Das ist heutzutage nicht mehr ungewöhnlich, außerdem sind Sie ja alles andere als klein. Zur Sicherheit werde ich Ihren Fuß kurz vermessen.«

»Gerne«, erwiderte sie und das Lächeln, das ihre vollen, tiefrot geschminkten Lippen umspielte, durchströmte ihn unwillkürlich warm.

»Ich werde das Paar in Ihrer Größe holen. Sie können sich derweil setzen.«

Er stellte den Schuh leicht fahrig ins Regal zurück und ging in den hinteren Bereich, wo sich das Lager befand.

Als er mit dem Schuhkarton in den Verkaufsraum zurückkam, saß sie bereits, hatte die Beine übereinander geschlagen und ihre Handtasche aus schwarzem Lackleder auf den Stuhl neben sich gelegt.

»So, da bin ich wieder«, sagte er überflüssigerweise, stellte den Schuhkarton neben sie auf den Boden und holte die gute alte hölzerne Lehre, um ihren Fuß zu vermessen.

Sie folgte ihm mit den Blicken und fand, daß er einen knackigen Po hatte und gut aussah.

Er zog einen niedrigen Hocker heran und setzte sich vor sie.

»Darf ich«, fragte er freundlich.

Sie reichte ihm den rechten Fuß. Sanft zog er ihr den Schuh aus. Ein angenehmes Aroma von Lavendel und Schuhleder stieg ihm in die Nase. Er schmunzelte in sich hinein, als er ihren zartbestrumpften Fuß sah, durch den die rot lackierten Zehen perlmutten schimmerten. Sie hatte nicht nur schöne Beine, sondern auch schöne und gepflegte Füße, was nicht immer zusammenging.

Er stellte ihren Fuß in die Lehre, dabei fuhr er scheinbar beiläufig mit den Fingern über den zarten Nylonstoff, den er nur zu gerne fühlte.

Ein idealer Fuß, dachte er bewundernd. Besser geht es kaum.

»Eine ideale 40«, sagte er laut und verbarg seine Freude nur schwach. »Wenn Ihnen eine 40 einmal zu eng sein sollte, dürfte es einzig daran liegen, daß der Schuh kleiner als gewöhnlich ausfällt.«

Sie nickte nur als Antwort.

Er legte die Lehre beiseite und nahm den Karton mit den Schuhen in ihrer Größe. Leise raschelte das Papier beim Auspacken. Liebevoll holte er den rechten Schuh heraus und streifte ihn ihr beinahe zärtlich über den Fuß.

»Paßt«, sagte sie zufrieden.

»Unsere Schuhe sind ausnahmslos hochwertig und paßgenau gearbeitet. Eine 40 ist auch eine 40«, dozierte er beinahe geschäftsmäßig.

»Kann ich den anderen auch anprobieren«, fragte sie leicht amüsiert über seine Anpreisung.

Er beeilte sich, ihr den linken Schuh auszuziehen und den anderen an. Er legte ihren Schuh zum anderen, in deren Fußbett ihre Füße einen dunklen Abdruck im hellen Innenleder hinterlassen hatten. Ein Anflug von Sehnsucht befiel ihn.

Sie stand auf und ging die wenigen Schritte zum großen Spiegel. Er folgte ihr mit den Blicken. Er konnte sich des Eindrucks nicht erwehren, daß sie die Hüften stärker wiegte als es notwendig gewesen wäre, aber noch nicht so auffällig, daß es unübersehbar kokett gewirkt hätte. Sie schritt vielmehr wie eine Frau, die sich in ihren Schuhen wohlfühlte – zumindest wollte er das so sehen.

Sie stand vor dem Spiegel, stellte das rechte Bein vor und be-

trachtete den Schuh an ihrem Fuß ausgiebig von allen Seiten im Spiegel.
Er stand auf und stellte sich zwei Schritte hinter sie. Die Schuhe harmonierten farblich nicht so recht mit ihren Ledersachen, aber das war im Grunde nebensächlich. Wäre ihr das wichtig, hätte er sie auch farblich passend auf Lager.
»Was meinen Sie?« Sie wandte sich ihm zu. »Können Sie sie mir empfehlen?«
»Sie sind hochwertig verarbeitet. Sie werden bei guter Pflege lange Freude an ihnen haben. Unsere Schuhe halten weitaus länger als eine Saison«, erwiderte er freundlich.
»Ich meine, würden Sie diese Schuhe auch einer Frau empfehlen, die Ihnen nahesteht.«
Sie sah ihn fest an. Ihr Mund umspielte ein eigentümliches Lächeln, das er nicht so recht zu deuten wußte.
»Sicher, ja.« Er blickte sie leicht irritiert an. Er konnte sich nicht vorstellen, worauf sie hinauswollte.
Sie schmunzelte in sich hinein. Sie fand seine Verwirrung rührend, was ihn ihr noch sympathischer werden ließ.
»Ich bitte Sie, für die nächste Zeit den Schuhverkäufer zurückzustellen und so zu tun, als wären Sie ein Mann, der mit einer Frau liiert ist, die sich für ihn so verführerisch wie möglich kleiden möchte, vor allem, was ihre Schuhe betrifft. Sie sollen mir nur Schuhe zeigen, die ein solcher Mann an einer solchen Frau gefallen würde.«
Ein solcher Vorschlag war ihm bisher noch von keiner Kundin gemacht worden. Aber bei ihr wunderte es ihn nicht. Aus welchem Grund sollte er ihren Vorschlag nicht annehmen? Daß er ihr diesen wohl kaum abschlagen könnte, nahm er nur am Rande wahr.
»Dann würde ich zu diesen Schuhen raten. Mir gefallen zehenfreie Schuhe. Ich mag es, wie die Zehen scheinbar leicht vorwitzig herausschauen. Bei zehenfreien Schuhen sollten die Nägel unbedingt lackiert sein, am besten in Rot oder dunklen Farbtönen.«
Sie lächelte zufrieden.
»Dann nehme ich sie. Ihre Metapher von leicht vorwitzig herausschauenden Zehen gefällt mir. Ihre Frau wird sich wohl kaum beklagen können, jemals von Ihnen schlecht beraten zu sein.«
»Zurzeit gibt es keine«, erwiderte er mit einem Anflug von Melancholie.

Sie überging es mit einem schwer zu deutenden Lächeln, in dem eine fast diebische Zufriedenheit mitschwang.

»Für einen heißen Sommertag, wozu würden Sie Ihrer Frau raten?« Sie ging erneut einige Schritte auf und ab, wobei sie die Hüften nun sichtlich verführerischer wiegte.

»Auf jeden Fall zu Riemchensandaletten. Es stellt sich lediglich die Frage, zu welchem Kleid, der Farbe wegen.«

»Einem roten aus leichtem Stoff mit einem üppigen Dekolleté«, präzisierte sie und blickte ihn herausfordernd aus ihren braunen Augen an.

Er nickte nur und war auch schon im Lager.

Sie sah ihm amüsiert und mit einem leichten Kopfschütteln nach. Männer, die in Gegenwart einer selbstbewußten und schönen Frau verlegen werden konnten, rührten sie stets erneut.

Fast etwas stolz trug er einen Schuhkarton vor sich her, von dem bereits der Deckel abgenommen war.

»Diese werden Ihnen gefallen. Sie sind so leicht, daß Sie sie kaum an den Füßen spüren«, verkündete er so stolz, als hätte er sie eigenhändig entworfen und gefertigt.

Sie setzte sich mit einem erwartungsvollen Lächeln.

Er setzte sich auf den niedrigen Hocker. Sie legte ihm sogleich den rechten Fuß in den Schoß. Daß sie ihn dabei mit der Fußspitze an seinem besten Stück berührte, geschah scheinbar zufällig. Da sie es selbst nicht zu bemerken schien, tat er, als würde er es ebenfalls nicht bemerken, obwohl es ihm nicht leicht fiel, das elektrisierende Gefühl, das ihn dabei durchströmte, nicht zu zeigen.

Er zog ihr den Schuh aus, legte ihn beiseite und nahm die rechte Sandalette aus dem Karton, die über einen hohen und schlanken Absatz verfügte. Bevor er ihr diese anzog, hielt er ihren Fuß länger als nötig in der Hand. Ihre Berührung mit dem Fuß an seiner neuralgischen Stelle hatte in ihm die Vorstellung entstehen lassen, wie es wäre, würde sie mit ihren schönen, zartbestrumpften Füßen seinen Schwanz berühren und womöglich ...

»Ist etwas?« Sie ließ ihn den Gedanken – zum Glück – nicht weiter verfolgen.

»Nein«, schrak er kaum merklich zusammen, denn er wurde sich nicht nur der Ungehörigkeit seiner Gedanken bewußt, sondern ebenso, daß er den Fuß einer Kundin länger als notwendig und zugleich wie ein Liebhaber und mit eindeutigen Fantasien in der Hand hielt. »Ich habe nur die Schönheit Ihres Fußes bewundert. Selbst jemand, der wie ich täglich etliche Frauenfüße sieht, vermutlich mehr als jeder Orthopäde in seiner Praxis, bekommt dennoch selten einen derart schönen Fuß wie den Ihren zu sehen.«

»Ja, finden Sie?« Sie spielte meisterlich die Überraschte, die sich über die mögliche Schönheit ihrer Füße noch nie Gedanken gemacht zu haben schien. »Ich finde nichts Besonderes an ihnen.«

Sie betrachtete ihren Fuß, als sehe sie ihn zum ersten Mal bewußt, und spielte dabei mit den Zehen.

Er wollte nicht glauben, was er von ihr hörte, daß einer Frau wie ihr die Schönheit ihrer Füße nicht bewußt wäre, weshalb er eine Eloge auf ihren Fuß begann. Er beschrieb seine Schlankheit, die fast ideale Wölbung, die optimalen Auflagepunkte, die sich im Fußbett ihres häufig getragenen Schuhs deutlich abzeichneten und jeden Orthopäden zu Begeisterungsrufen hinreißen müßte. Er beschrieb das Ebenmaß ihrer Zehen, die gesunden Nägel. Sprach von griechischen Statuen allgemein und vom klassischen griechischen Ideal besonders und wäre gänzlich in einen Diskurs über das Schönheitsideal der Antike und den Wurzeln der europäischen Kultur abgeglitten, hätte sie ihn nicht mit einem warmen, ja durchaus liebevollen Lachen gebremst.

»Ich glaube Ihnen ja, daß ich schöne Füße habe! Ich weiß es ja selbst, aber Sie wissen ja, wie gerne eine Frau Komplimente hört, vor allem von einem Fremden, der ja unbefangen ist. Aber noch nie hat ein Mann mir derartige poetische Komplimente über meine Füße gemacht.«

Er konnte nicht verhindern, daß er leicht errötete und hoffte, daß sie es nicht bemerkte. Ihm war bewußt geworden, daß er während der ganzen Zeit ihren Fuß nicht nur in der Hand gehalten hatte, sondern seine anatomischen Beschreibungen mit den Fingern unterstützt, zärtlich über ihre Nahtnylons gestrichen war, was ihr wiederum ein wohliges Kribbeln von den Füßen aufwärts bis in ihren Schoß bereitete. Während er ihr über die Fußsohlen gestrichen war, um die ›optimalen Auflagepunkte‹ zu beschreiben, hatte sie ein wohliges Schnurren unterdrücken müssen und sich gewünscht, daß er vorerst nicht damit aufhörte. Daß er ihr jetzt beinahe übereifrig die rechte Sandalette anzog, amüsierte sie. Aber er hatte nicht übertrieben, sie war vom Gewicht her kaum zu spüren.

»Ich fürchte, in das Fesselriemchen müssen noch mindestens

zwei Löcher gemacht werden.« Es klang alles andere als bedauernd.

»Ich weiß, man unterschätzt leicht, wie schmal meine Fesseln sind. Bei einer Größe von 40 und meinen doch eher kräftigen Waden, meint man, daß auch meine Fesseln kräftiger sein müßten«, erwiderte sie fast entschuldigend.

»Ich finde Ihre Waden gar nicht kräftig, vielmehr besitzen sie eine angenehm geschwungene Form, die harmonisch mit Ihren Fesseln korrespondiert und, soweit ich das beurteilen kann, in ihren Schenkeln eine ansprechende Fortsetzung findet«, setzte er zu einer weiteren Lobeshymne an.

»Ich bin mit meinen Beinen sehr zufrieden, darum trage ich so gerne enge Lederröcke und zarte Nylons«, fiel sie ihm lachend ins Wort, obwohl sie gerne weitere Komplimente über ihre Beine von ihm gehört hätte.

»Ich scheine heute etwas vorlaut zu sein«, entschuldigte er sich.

»Charmante Männer sind niemals vorlaut«, sah sie ihm tief in die Augen.

Er mußte einen sehnsüchtigen Seufzer unterdrücken. Warum begegnete man nur dermaßen selten einer solchen Frau und warum würde sie in weniger als einer Stunde wieder aus seinem Leben verschwunden sein? Sicherlich war sie auf irgendeine Weise gebunden. Frauen wie sie waren selten ungebunden.

»Ich hole die Zange für die zusätzlichen Löcher«, sagte er mit leicht trockenem Mund.

Die Zange lag unter dem Tresen neben der Kasse. Er war froh, für einen Moment aus ihrer unmittelbaren Nähe zu kommen. Er mußte sich etwas sammeln.

Sie folgte ihm mit den Blicken. Ein derart charmanter Mann war ihr länger nicht begegnet. In einer Beziehung lebte er anscheinend nicht. Das ließ hoffen ...

Er setzte sich wieder, legte die Zange auf den Boden, nahm ihr die Sandalette vom Fuß und fügte mit der Zange im gleichen Abstand, wie die bereits vorhandenen, zwei weitere hinzu, dann legte er die Zange beiseite und zog ihr die Sandalette wieder an. Das letzte Loch paßte. Er hatte sich nicht verschätzt. Mit der anderen Sandalette verfuhr er ebenso.

Sie stand auf und ging zum Spiegel. Daß sie dabei die Hüften ungeniert kokett wiegte, war in seinen Augen fast schon selbstverständlich.

»Sie haben recht, man merkt sie kaum.«

»Sie können sie gut zu Ihrem derzeitigen Rock tragen.«

»Das werde ich wohl auch«, erwiderte sie freundlich.

Sie ging einige Schritte auf und ab, setzte betont elegant einen Fuß vor den anderen und wiegte die Hüfte nicht nur kokett, sondern unübersehbar lasziv, wobei ihm ganz schön warm wurde.

»Ich nehme sie, sowie die zehenfreien Lackpumps.«

»Haben Sie darüber hinaus noch einen Wunsch?« Seine Stimme zitterte leicht. Er befürchtete, daß sie nun bezahlen und anschließend nicht nur sein Geschäft verlassen, sondern auch für immer aus seinem Leben verschwinden und ihn schnell vergessen würde.

»Stiefel, Stiefel kann man in unseren Breiten immer brauchen, je nach Witterung auch im Sommer, aber auch unabhängig davon«, fügte sie mit einem kaum merklichen, vertraulichen, vielsagenden Zwinkern hinzu.

»Eine bestimmte Farbe?« Seine Stimme vibrierte kaum wahrnehmbar. Unbewußt hatte er ihr Zwinkern richtig gedeutet.

»Unter anderem zu meinem Rock und meinem Oberteil passend«, erwiderte sie, ohne zu überlegen.

Er nickte und war erleichtert über diesen ›Aufschub‹. Er wollte schon ins Lager gehen, denn er besaß bereits eine Vorstellung, was er ihr vorschlagen könnte, da fügte sie hinzu:

»Die Schäfte sollten möglichst lang sein.« Dabei sah sie ihn mit einem Blick an, der ihn heiß durchlief. Lüstern wäre das falsche Wort, um diesen Blick adäquat zu beschreiben, und doch besaß er sehr viel davon.

»Welche Länge«, fragte er mit spürbar kratzender Stimme.

»So lang, wie es anatomisch möglich ist.« Er konnte ihrem Blick kaum noch standhalten.

»Das läßt sich, glaube ich, machen.« Seine Handflächen wurden feucht.

Zwar wurden solcherart Stiefel selten verlangt, aber er hatte auch diese auf Lager, wenn auch nur ein Paar in jeder Größe und nur in Rot und in Schwarz.

Im Lager mußte er erst tief durchatmen. Während er einen großen Karton aus dem Regal nahm, zitterte seine Hände richtiggehend. Er war froh, daß er diese Stiefel unten in den Regalen aufbewahrte. Es wäre ihm im Augenblick unmöglich gewesen, auf eine Leiter zu steigen.

Bei seiner Rückkehr saß sie bereits auf dem Stuhl, die Beine übereinandergeschlagen und die lederbehandschuhten Hände im Schoß gefaltet.

Er hatte sich etwas gefaßt und zitterte kaum noch wahrnehmbar. Er stellte den Karton auf einem der Stühle, nahm den Deckel ab, schlug das knisternde Papier beiseite und nahm den rechten Stiefel heraus.

Nun war es an ihr, fasziniert zu blicken, nun beschleunigte sich ihr Atem und ihr Herzschlag. Das waren die Stiefel, die sie sich vorgestellt hatte. Wie mußten sie erst an ihren Beinen wirken! Das Leder war so weich wie das ihres Rocks, ihres Oberteils und ihrer Handschuhe. Die Absätze hätten für ihren Geschmack vielleicht ein bißchen höher sein können, obwohl sie alles anderes als niedrig waren, da ihr Absätze ohnehin nicht hoch genug sein konnten. Ganz gleich, was diese Stiefel kosteten, sie mußte sie haben!

Er sah an ihrem Blick, daß er ihren Geschmack mehr als getroffen hatte, was ihn mit Freude und Stolz erfüllte.

Er setzte sich auf den Hocker und zog ihr die Sandaletten aus, nahm den rechten Stiefel und öffnete den innenliegenden Reißverschluß, der vom Knöchel bis eine Handbreit unters Knie verlief und wollte ihr den Stiefel schon anziehen, als er sich bewußt wurde, wie lang die Schäfte tatsächlich waren.

Sie erkannte den Grund für sein Zögern und hatte Verständnis dafür. Sie nahm ihm mit einem freundlichen Lächeln den Stiefel aus der Hand und zog ihn selbst an.

Er stand auf und nicht nur, weil er sich im Weg glaubte, und trat einen Schritt beiseite. Unwillkürlich hatte er die Lochzange in die Hand genommen, damit seine nervösen Finger beschäftigt waren.

Sie zog den Schaft des Stiefels hoch. Fast beschämt, sah er beiseite, als sie den Rock hochziehen mußte. Er wußte, daß die Schäfte selbst bei einer Frau mit derart langen Beinen fast den Schritt berührten. Er hörte, wie sie den Reißverschluß schloß. Dann zog sie den anderen an.

»Genauso habe ich mir es vorgestellt«, klang sie mehr als zufrieden.

Er wandte ihr wieder den Blick zu. Sie hatte den Rock wieder hinuntergezogen. Das weiche Leder schmiegte sich zärtlich um ihre Beine, modellierte sie wunderbar nach, brachte sogar ihre schmalen Fesseln zur Geltung.

Sie trat zum Spiegel. Nun schlug ihm das Herz fast bis zum Hals. Ihr Körper war unglaublich verführerisch in hautenges, weiches rotes Leder gehüllt.

Selbstvergessen betrachtete sie ihre Beine im Spiegel, schob dabei den Rock langsam hoch, so hoch, bis die Ränder der Stiefel zumindest vorne sichtbar wurden. Zwar wandte sie ihm den Rücken zu, doch der Spiegel ermöglichte ihm, auch ihre Vorderseite zu sehen, was ihr aber nicht bewußt zu sein schien, andernfalls würde sie ihren Rock kaum so weit hochgezogen haben – glaubte er zumindest.

Für einen Augenblick wurde er ihres Schoßes ansichtig, daß sie nichts darunter trug, auch das natürliche Haar nicht. Die Stiefelschäfte schmiegten sich zärtlich um ihre muskulösen Schenkel, lagen vielleicht einen Tick zu eng an.

»Sehr schön«, sagte sie leise zu sich selbst.

Dann schien sie sich zu erinnern, wo sie sich befand, und zog den Rock wieder hinunter, doch ohne Hast und alles andere als von Scham erfüllt.

Sie ging, gänzlich ignorierend, was sie in ihm verursachte, zu den Stühlen zurück. Einen Schritt davor blieb sie jedoch stehen.

»Oh, auf dem rechten Stiefel scheint etwas zu sein.«

»Wo?« Er befürchtete, daß sie einen Fabrikationsfehler entdeckt haben könnte, obwohl der Hersteller sehr sorgfältig arbeitete, was man bei einem solchen Preis auch verlangen konnte.

»Dort unten, nahe der Fessel. Es sieht mir nach Staub oder etwas Ähnlichem aus. Vielleicht wären Sie so freundlich, es zu entfernen.«

Er konnte zwar nichts entdecken, aber der Kunde hat grundsätzlich recht und eine Frau wie sie wollte er nun wirklich nicht verärgern.

Er tat aber etwas, was er vielleicht am wenigsten von sich erwartet hätte; statt ein Tuch zu holen, kniete er sich zu den Füßen der Schönen und entfernte das – vermutlich imaginäre – Stäubchen, oder was immer die Schöne meinte, entdeckt zu haben, was er aber nicht sehen konnte, so genau er auch hinsah, in dem er mit der Zunge über das Leder strich, was ihm einen unglaublichen Genuß bereitete. Er war dermaßen eifrig bei der Sache, als wollte er allein mit seiner Zunge das Leder auf Hochglanz bringen.

Sie dagegen hätte sich schon sehr gewundert, wäre der Inhaber eines solchen Schuhgeschäftes kein Fetischist. Es würde sie ebenso wundern, wäre sie die erste Kundin, der er diesen ›Service‹ zukommen ließ. Dafür machte er es zu geschickt und hatte kaum gezögert, sich vor sie zu knien.

»Ich glaube, am Absatz ist auch etwas«, sagte sie, während sie zufrieden auf ihn hinuntersah, seine breiten Schultern betrachtete. Es war schön, einen solchen Mann zu seinen Füßen zu sehen.

Er umspielte mit der Zunge die Absätze, als seien es wohlschmeckende Zuckerstangen.

»Der Mensch hat in der Regel zwei Beine und Füße«, bemerkte sie wie beiläufig, als er aufhören wollte.

Er machte dasselbe mit demselben Eifer beim anderen Stiefel.

»Jetzt scheinen sie sauber zu sein.« Sie wirkte sichtlich zufrieden und auch etwas gönnerhaft, aber das auf charmante Weise.

Er erhob sich mit erhitzten Wangen und leuchtenden Augen. Er befand sich in einer Stimmung, in der er sehr viel für diese Frau getan hätte. Er war sogar leicht enttäuscht, daß sie nicht mehr von ihm verlangte. Er hätte ihr nur zu gerne die Stiefel bis hinauf zum Rand mit der Zunge auf Hochglanz gebracht.

Die sichtbare Ausbeulung in seinem Schritt war ihm nicht bewußt, aber sie sah sie mit tiefer innerer Zufriedenheit. Sie war beredter und ehrlicher als alle seine bisherigen verbalen Komplimente.

»Ich werde die Stiefel anbehalten.«

»Haben Sie ... haben Sie noch einen ... Wunsch.« Seine Stimme wollte ihm nicht so recht gehorchen.

Sie tat, als bemerkte sie es nicht.

»Zwei Paar Schuhe und ein Paar Stiefel genügen vorerst. Packen Sie mir meine alten Schuhe ein.«

Er packte mit fahrigen Bewegungen die Sandaletten und die zehenfreien Lackpumps in ihre Kartons zurück, nahm die ›alten‹ Schuhe der Schönen wie kleine Kostbarkeiten und trug alles zum Tresen.

Sie stand bereits dort.

»Es wäre mir lieb, könnten Sie mir die Schuhe liefern«, sagte sie, während sie die Scheckkarte aus der Handtasche holte.

Er machte die Rechnung fertig. Während er die Scheckkarte ins Lesegerät schob, holte sie eine Visitenkarte und einen edlen Füller aus der Handtasche, und schrieb etwas auf die Rückseite der Karte. Anschließend schraubte sie den Füller wieder zu und steckte ihn in die Handtasche zurück.

»Die Geheimzahl, bitte.« Er klang wieder geschäftsmäßiger.

Sie tippte sie ein. Das Druckwerk der Kasse begann kurz darauf zu rattern.

»Wohin sollen die Schuhe geliefert werden?« Er sprach ruhig. Er hatte sich damit abgefunden, daß er diese Frau, sobald sie sein Geschäft verlassen hatte, vermutlich nicht mehr wiedersehen würde.

»An diese Adresse«, sie übergab ihm die Visitenkarten. »Wann können Sie liefern?«

»Wann wäre es Ihnen genehm?«

»Sobald als möglich«, sagte sie von einem besonderen Lächeln begleitet.

»Ja, das läßt sich machen«, erwiderte er freundlich. Er überlegte, wen er schicken könnte.

»Schön.«

Es entstand eine Pause. Er blieb hinter der Kasse stehen und wunderte sich nur bedingt, warum seine schöne Kundin nicht ging. Hatte sie noch etwas vergessen?

»Wenn Sie mich noch hinausließen«, sagte sie freundlich und mit einem leichten Schmunzeln.

»Oh, ach ja, entschuldigen Sie.« Ihm fiel erst jetzt wieder ein, daß er hinter ihr abgeschlossen hatte. Dienstfertig ging er um den Tresen herum zur Tür und schloß sie auf.

»Danke.« Ihr Lächeln ging ihm erneut durch und durch, weil es eine besondere Form von Zärtlichkeit enthielt.

»Ich habe zu danken«, sagte er bescheiden, während er ihr die Tür aufhielt.

»Nein, *ich* habe zu danken.« Sie reichte ihm die behandschuhte Rechte.

Sie besaß einen angenehm kräftigen Händedruck. Es war schön, das von ihrem Körper warme Leder ihrer Handschuhe an der eigenen Hand zu spüren. Dabei sah er, daß sie diese Handschuhe häufig trug, die Innenflächen waren dunkel verfärbt.

Er sah ihr nach, während sie den Gehweg entlangging, die Hüften selbstverliebt wiegend.

Er seufzte, wenn nur mehr Frauen, die es sich leisten könnten, den Mut zur Extravaganz aufzubringen würden, wie diese schwarzhaarige, schöne Vierzigerin.

Das melodische Klacken ihrer hohen Absätze verhallte leise in den Geräuschen der Straße. Ein Auto fuhr langsam vorbei, bestrahlte beim Vorbeifahren für einen Augenblick die Rückfront der Schönen, was ihm bewußt machte, daß es bereits dunkel war und das Verkaufsgespräch länger als vermutet gedauert hatte.

Als die Schöne in die nächste Seitenstraße einbog und damit seinen Blicken entschwand, schloß er die Tür und vor allem ab. Eine weitere späte Kundin würde er nicht verkraften können.

Er seufzte tief und wehmütig. Er räumte den Karton, in dem die Stiefel gewesen waren, ins Lager, holte einen leeren, tat ihre alten Schuhe hinein und packte die drei Kartons in zwei große Tüten mit dem Emblem des Geschäftes darauf.

Prinzipiell konnte er die nötigen täglichen Büroarbeiten auch morgen abend erledigen. Er verspürte keine Lust mehr dazu, außerdem war es ein langer Tag gewesen. Er wollte unbedingt nach Hause.

Er nahm ihre Visitenkarte und las, was sie auf die Rückseite geschrieben hatte.

Sie bringen mir die Schuhe natürlich persönlich vorbei, schließlich müssen wir das, was wir begonnen haben, zu Ende führen.

Ein Glücksgefühl durchströmte ihn. Er hatte es in seinem Inneren gehofft, auch wenn ihm der Gedanke viel zu kühn erschienen war.

Er drehte die Karte wieder um und las die Adresse. Ein zufriedenes, glückliches Lächeln überzog sein Gesicht. Die Adresse war ihm nur zu gut bekannt, schließlich war es seit über fünfzehn Jahre seine eigene.

Er warf einen Blick auf den Kalender an der Wand hinter dem Tresen. Auf den Tag waren Catherine und er zehn Jahre verheiratet und noch immer bereiteten ihnen die kleinen ›Spiele‹ dasselbe Vergnügen wie am ersten Tag, da zwei Fetischisten stets miteinander harmonieren.

Er schob die Visitenkarte in die Hosentasche. Zu Hause würde er sie in die Schatulle zu den anderen legen, die ihm Catherine im Laufe der Jahre geschrieben hatte.

Er löschte das Licht, nahm die beiden Tüte mit den Schuhen für seine Frau und ging nach hinten ins Lager. Er würde sich beeilen, nach Hause zu kommen. Catherine würde ihn schon sehnsüchtig erwarten. Schließlich wollte sein Geschenk zu ihrem Hochzeitstag eingeweiht werden, diese, auf ihre schönen langen Beine maßgefertigten Stiefel hatte sie sich lange genug gewünscht.

Er verließ das Geschäft durch den Lieferanteneingang.

Während er fröhlich ausschritt, dachte er daran, wie er gleich Catherines Stiefel bis hinauf zu ihrer wunderbaren Möse lecken würde, während sie den Rock bis beinahe zur Taille hochgeschoben hatte.

Nein, es war gut gewesen, daß er vor mehr als zwölf Jahren nicht versucht hatte, sie abzuwimmeln, obwohl er grundsätzlich nach Geschäftsschluß keine Kunden mehr bediente.

Nachbarschaftshilfe

1.

Es war spät geworden, viel zu spät für Steffens Empfinden. Selbst für einen Samstag und daß ein Sonnenaufgang mitten im Frühling einen nicht zu unterschätzenden Reiz besitzt. Andererseits wird man nur einmal im Leben dreißig. Außerdem war Holger sein bester Freund noch aus gemeinsamen Kindergartentagen; wie hätte er also dessen Bitte, bis zum Schluß zu bleiben, ablehnen können?

Mit einem herzhaften langanhaltenden Gähnen und dem bleiernen Gefühl, das typisch für eine Übernächtigung ist, zog er sich aus und war, nach einem letzten Blick auf die Uhr, bereits eingeschlafen, kaum hatte er mit dem Kopf das Kissen berührt. Sein letzter Gedanke vor dem Einschlafen war, so lange als möglich in Morpheus' Armen zu ruhen, ganz gleich was da kommen mochte.

Ein heftiges Rumoren und Poltern im Treppenhaus, begleitet von lauten Stimmen, ließ ihn richtiggehend im Bett hochfahren. Für einen Moment glaubte er, es wäre nicht bloß im Treppenhaus, sondern tatsächlich in seiner Diele. Noch zu verschlafen, um wirklich verärgert zu sein, blickte er auf die Uhr. Es war nicht einmal neun. Demnach konnte er höchstens zwei Stunden geschlafen haben.

»Paß doch auf«, ertönte eine ungehaltene Stimme im Treppenhaus.

Die Antwort darauf konnte er nicht verstehen, da der Betreffende zu leise sprach.

Obwohl er sich am liebsten auf die andere Seite gedreht und weitergeschlafen hätte, wollte er doch wissen, wer es an einem Samstagmorgen fertigbrachte einen derartigen Lärm zu veranstalten. Träge verschlafen stand er auf und ging zur Wohnungstür. Beim Sehen durch den Spion blickte er auf den breiten Rücken eines Mannes, der mit einem anderen versuchte eine große beige Ledercouch in die Wohnung gegenüber zu bugsieren.

»Mann, streng dich doch etwas an«, rief derjenige, der Steffen den Rücken zukehrte, ärgerlich aus, »das Teil ist verflucht schwer.«

»Ist mir bewußt«, verstand Steffen jetzt auch den anderen. »Hab's schließlich mit dir die drei Etagen raufgetragen. Häuser mit mehr als zwei Etagen ohne Aufzüge sollten verboten werden.«

»Ein Aufzug würde dir aber auch nichts nützen. Das Teil bekommst du in keinen Personenaufzug. Und die meisten anderen Möbel ebensowenig.«

Der andere brummelte irgend etwas Unverständliches aber mit Sicherheit nichts Freundliches.

»Jetzt streng dich mal etwas mehr an! Wir haben noch mehr als genug unten stehen. Warum muß ich an meinem freien Samstag ausgerechnet mit dir einen Umzug machen!«

»Weil es jemanden gibt, dem weder du noch ich etwas abschlagen kann«, grinste der andere unverschämt.

Während dieses Streitgespräch war es ihnen gelungen, die Ledercouch halbwegs durch die Wohnungstür zu bugsieren.

»Na, das kann ja heiter werden«, murmelte Steffen gähnend.

Er ging ins Bad, um der Natur zu ihrem Recht zu verhelfen und nach der Schachtel mit den Ohropax zu suchen. Wie zur Bestätigung, daß er den Inhalt jetzt brauchte, polterte es erneut.

»Mensch, warst du mal Abbruchunternehmer?« hörte er den Einen fluchen. »Du reißt noch das ganze Treppenhaus ab!«

»Wenn *sie* auch so verdammt sperrige Möbel hat«, kam es leicht wehleidig zurück.

»Ich habe schon gesehen, wie ein Klavier in einem engeren Treppenhaus als diesem unbeschadet in den vierten Stock gebracht worden ist.«

»Zum Glück besitzt sie kein Klavier«, war die trockene Antwort, worauf als Entgegnung ein unverständliches, leiser werdendes und alles andere als freundliches Brummeln folgte. Demnach hatten sie es geschafft, das Möbelstück vollständig in die Wohnung zu transportieren.

Das würde ja ein reizender Samstagvormittag werden! Steffen atmete tief durch, betätigte die Toilettenspülung und verließ mit der Schachtel Ohropax das Bad.

Bevor er sich wieder ins Bett legte, ging er in die Küche und aß einen Joghurt, um ein aufkommendes Hungergefühl zu unterdrücken, wenngleich sein Freund seine Gäste üppig mit Essen versorgt und er reichlich zugegriffen hatte. Dabei warf er einen Blick aus dem Küchenfenster. Ein großer Möbelwagen stand vor dem Eingang.

Er hatte sich schon gefragt, wann wieder jemand in die Wohnung neben ihm einziehen würde. Fast drei Monate hatte sie leer gestanden. Eine relativ lange Zeit in einer Gegend, die gleichermaßen wegen ihrer vergleichsweise ruhigen Lage und der Nähe zum Zentrum beliebt ist. Oft stand der Nachmieter bereits mit den Möbeln vor der Tür, während der vorherige noch mitten im Auszug war – überspitzt formuliert. Dann waren vor mehr als zwei Wochen Handwerker in der Wohnung tätig geworden.

Er setzte die Ohropax ein und legte sich wieder ins Bett. Wohlige Ruhe umfing ihn. Alle Geräusche schienen von weither zu kommen.

Mit der Hoffnung, daß der Einzug von nun an etwas weniger lärmend vonstattengehen würde, dämmerte er langsam in den angenehmen Zustand des Halbschlafs hinüber, dem auch bald der richtige Schlaf folgte.

Doch seine Hoffnung währte nicht lange; es war kaum eine Stunde vergangen, als ihn ein lautes Poltern gegen seine Wohnungstür, dem selbst das gute Ohropax nichts entgegensetzen konnte, erneut aus dem Schlaf hochfahren ließ. Dem Poltern folgte ein nicht minder lautes: »Du bist doch echt selten dämlich! Willst du mich zerquetschen! Mann, mit dir mache ich noch einmal in meinem Leben einen Umzug!«

»Dann gehe etwas schneller. Oder meinst du, ich will mir deinetwegen wegen dieser Enge die Hände am Geländer quetschen«, wurde prompt mit gleicher Münze zurückgezahlt.

»Komm, laber nicht und gehe in die Wohnung, dieser Scheißschrank ist verflucht schwer«, klang die Erwiderung etwas schuldbewußt.

Steffen unterdrückte einen Fluch und drehte sich auf die andere Seite. Er liebte solche Nachbarn, die bereits beim Einzug ein derartiges Spektakel veranstalteten.

Zwar ging es die nächste Zeit etwas leiser vonstatten – vermutlich befanden sich jetzt alle wirklich sperrigen und schweren Möbel in der Wohnung – aber ihm gelang es nicht, wieder einzuschlafen. Mehr als eine Stunde wälzte er sich ruhelos im Bett von einer Seite auf die andere. Obwohl er sich hoffnungslos übernächtigt fühlte, war er zugleich hellwach. Zu stark war die Furcht geworden, erneut vom Lärmen aufgeweckt zu werden, kaum war er eingeschlafen.

Mit einem langen und tiefen Seufzer stand er auf, duschte und zog sich an. Nach einem leichten Frühstück machte er es sich auf dem Sofa bequem. Zwar polterte niemand mehr gegen seine Tür, das war aber auch alles. Die beiden Männer schienen nur streitend miteinander kommunizieren zu können. Er fragte sich, wie es ihnen mit dieser Einstellung überhaupt gelang zusammenzuarbeiten.

Trotzdem besaß das Gebrummel der beiden auch etwas Einschläferndes. Er schlummerte bald ein und begann von Möbelpackern zu träumen, die ein überdimensionales Klavier ein endlos langes Treppenhaus hinauftransportierten und dabei an jede Tür polterten, an der sie vorbeikamen und es war immer seine Tür.

Ein ohrenbetäubendes Scheppern riß ihn zum dritten Mal aus dem Schlaf.

Es war bereits früher Nachmittag, die Sonne schien ins Zimmer und warf einen hellen Fleck unterhalb des Fensters auf den Boden. Durch die leicht geöffnete Balkontür drangen Vogelgezwitscher und gedämpfte Stimmen von den Nachbarbalkonen herein.

»Jetzt reicht's aber«, seine Geduld war endgültig erschöpft.

Niemand brachte mehr Verständnis dafür auf, daß ein Einzug nicht lautlos vonstattengehen konnte als er, aber was hier veranstaltet wurde, sprengte seines Erachtens jeden vertretbaren Rahmen.

Er war dermaßen verärgert, daß es ihn nicht einmal wunderte, daß dem Krach nicht das übliche Schimpfen und Streiten folgte.

Er riß die Tür auf, bereit den beiden Möchtegernmöbelpackern seine Ansicht über deren Art Möbel zu transportieren, frank und frei mitzuteilen; da hielt er mitten im Tun inne.

Vor seiner Tür kniete eine junge Frau, damit beschäftigt, Töpfe und Topfdeckel einzusammeln. Ein mittelgroßer Umzugskarton mit durchbrochenem Boden lag neben ihr auf dem Boden.

Sie sah auf und blickte ihn sichtlich verlegen an.

»Es tut mir leid, aber der Boden scheint nicht gehalten zu haben«, entschuldigte sie sich und versuchte ein freundliches Lächeln aufzusetzen, das ihr aber gehörig mißlang.

»Diese Kartons sind nicht so stabil wie sie sein sollten«, entgegnete er voller Milde.

Daß er ursprünglich vorgehabt hatte, ihr zu sagen, was er von diesem permanenten Lärmen hielt, war ihm vollständig entfallen.

»Ich glaube, der Fehler liegt bei mir«, widersprach sie ihm freundlich aber entschieden und strich sich eine Strähne ihres schulterlangen braunen Haares aus der Stirn. »Ich habe den Karton wahrscheinlich nicht richtig zusammengesteckt.«

»Das kann schon einmal passieren«, meinte er großmütig und half ihr bereits die verstreuten Topfdeckel aufzusammeln.

»Lassen Sie mal«, wehrte sie seine Hilfe ab. »Es war ja mein Fehler. Übrigens, ich bin Ihre neue Nachbarin. Nora Schwerdtfeger.« Sie wischte sich die Rechte an ihrer geflickten alten Jeans ab, bevor sie sie ihm reichte.

»Steffen Maier«, erwiderte er und nahm die gepflegte schlanke Hand gerne entgegen, die er länger hielt, als es notwendig gewesen wäre.

Als er sie wieder losgelassen hatte, sahen sie sich mit einem leicht verlegenen Lächeln an.

»Sie müssen jetzt nicht glauben, daß ich immer derart geräuschvoll auf mich aufmerksam mache«, scherzte sie bereits entspannter.

»Habe ich auch gar nicht angenommen«, beeilte er sich zu versichern und spürte, wie er beinahe Rot wurde, schließlich hatte er ihr vor kaum einer Minute noch genau das vorwerfen wollen.

»Das freut mich«, erwiderte sie ehrlich. »Aber Sie brauchen mir wirklich nicht zu helfen«, bekräftigte sie noch einmal freundlich, doch mit Nachdruck.

»Gut«, meinte er nur, »Wenn Sie etwas brauchen ...« Fast hätte er hinzugefügt, »Sie wissen ja, wo sie mich finden«, doch dann fiel ihm die unfreiwillige Komik auf und er brach mitten im Satz ab.

»Sie sind sehr nett«, erwiderte Nora mit einem Augenaufschlag, begleitet von einem Lächeln, das ihn wohlig warm durchströmte.

Er zögerte noch einen Moment, bevor er wieder in seine Wohnung ging und die Tür mit einem angenehm beschwingten Gefühl schloß.

»Wirklich ein netter Typ«, meinte Nora zu sich, während sie die Töpfe einzeln in ihre Wohnung trug, und das bezog sich nicht allein auf seine Höflichkeit.

»Nett«, sagte er zu sich selbst, während er sich wieder aufs Sofa legte, die Arme hinter dem Kopf verschränkt. »Und hübsch dazu.

Manchem vielleicht ein zu wenig breit in den Hüften, aber wer will schon diesen asketischen Typ, der sich eigentlich nur gut auf Plakaten für die Welthungerhilfe macht. Die wissen ja gar nicht, was genießen bedeutet!«

Dabei übersah er, daß er selbst mehr der asketische Typ war, allerdings zählte er zu den Menschen, die nur schwer an Gewicht zulegen, unabhängig von der Menge der Nahrung, die sie zu sich nehmen.

Er nickte wieder ein und wurde nun nicht mehr von polternden Möbelpackern oder schepperndem Geschirr geweckt. Dafür träumte er nun von hübschen Nachbarinnen Ende zwanzig, denen er half, auf den Boden gefallene Topfdeckel aufzuheben.

Als er am späten Nachmittag einigermaßen ausgeschlafen erwachte, war es ruhig im Treppenhaus. Er schaute durch den Spion. Die Tür der gegenüberliegenden Wohnung war halb geöffnet. Dann sah er aus dem Küchenfenster. Der Möbelwagen stand nicht mehr vor dem Haus. Von dieser Seite würde zumindest keine Störung mehr zu erwarten sein.

2.

»So, das Regal hängt«, verkündete Steffen nicht ohne Stolz.

Es war nicht leicht gewesen, es zu montieren und nicht allein wegen der Glasplatte. Die beiden Halterungen waren zwar schön anzusehen, ihr Mechanismus jedoch stellte den Monteur vor eine Herausforderung. Dafür waren die Befestigungsschrauben unsichtbar. Abgesehen davon hatte die beiliegende Montageanleitung mehr zur Verwirrung als zur Klärung beigetragen. Was heutzutage nicht unbedingt ungewöhnlich ist.

»Ich hätte das nicht gekonnt«, sagte Nora mit ehrlicher Bewunderung. »Aber es sieht toll aus, nicht wahr?«

Nora blickte ihn freudestrahlend aus großen Augen wie ein junges Mädchen an.

›Toll‹ war in seinen Augen vielleicht etwas übertrieben, aber schlecht sah das Regal wirklich nicht aus.

»Ich finde, im Bad kann man gar nicht genug Ablagemöglichkeiten haben«, fuhr sie in naiver Bewunderung fort.

Er hörte lediglich mit halbem Ohr zu, während er begann, sein Werkzeug zusammenzupacken. Sie stellte bereits verschiedene Flakons und Tuben auf das neue Regal.

»Kann ich sonst noch etwas für dich tun«, fragte er mehr aus Höflichkeit, denn aus ehrlicher Hilfsbereitschaft.

Die nervige Montage, für die er mehr als eine Stunde benötigt hatte, hatte seinen Bedarf an handwerklicher Betätigung für diesen Tag vorerst gedeckt.

Sie schien ihm nicht richtig zugehört zu haben, sondern ging anscheinend ganz im Besitzerstolz auf.

»Wie? Ach, ja, du könntest mir durchaus noch einen Gefallen tun.« Es kam etwas schüchtern, als sei sie nicht sicher, ob sie ihn überhaupt damit ›belästigen‹ könne.

»Im Prinzip jeden solange es sich nicht um noch ein Regal dieser Güte handelt«, versuchte er einen schwachen Scherz.

»Nein, nein, es handelt sich um nichts Handwerkliches mehr«, beeilte sie sich zu versichern, von einem schwachen leicht verlegenen Lächeln begleitet.

»Sondern?« war dadurch selbstverständlich seine natürliche Neugierde geweckt.

»Es klingt vielleicht etwas blöd«, sie wich betreten seinem Blick aus, nicht zuletzt, damit er das zufriedene Aufblitzen in ihren Augen nicht sah. »Ich weiß gar nicht, ob ich dich tatsächlich um so etwas bitten kann ... schließlich kennen wir uns kaum zwei Wochen. Du hast mir bereits bei so vielem geholfen ... ach ... nein ... es ist wirklich zu dumm. Ich sollte endlich lernen, zu meinen Niederlagen zu stehen. Maren wird mir das ohnehin ewig vorhalten. Sie kann das verdammt gut, weißt du? Maren ist zwar meine beste Freundin, aber was das angeht ein richtiges Biest. Mitunter nachtragend bis zum Gehtnichtmehr ... na ja, gewissermaßen bin ich ja auch selbst schuld daran, was muß ich auch immer den Mund so vollnehmen ... andererseits hat sie mich auch zu sehr gereizt, das muß ich schon sagen ... sag selbst, kann man so etwas auf sich sitzen lassen?«

Er schüttelte energisch den Kopf. Nein, so etwas konnte man nicht auf sich sitzen lassen. Da gab er ihr vorbehaltlos recht. Es mag Situationen geben, bei denen man durchaus fünf gerade sein lassen konnte, aber mitunter muß man Farbe bekennen. Sie hatte sein ungeteiltes Mitgefühl. Bloß, über was sie eigentlich die ganze Zeit redete, wollte sich ihm nicht so recht erschließen.

»Nein, das kann man nicht«, fuhr sie nach einer genau bemessenen Kunstpause beipflichtend fort. Innerlich freute sie sich zwar, daß er dermaßen schnell ›angebissen‹ hatte, aber irgendwie erschien ihr der Sieg auch zu leicht. »Wie ich sehe, stimmst du darin mit mir überein. Andererseits kann ich dich nicht in meine Geschichten mit hineinreißen. Solange kennen wir uns ja noch nicht, sind ja ›bloß‹ gute Nachbarn.«

Sie fuhr noch etwas in diesem Tonfall fort, bis er höflich aber auch leicht enerviert fragte: »Nora, das ist ja alles schön und gut, aber worum geht es überhaupt?«

»Habe ich das noch gar nicht gesagt«, spielte sie derart überzeugend die unschuldig Überraschte, daß er den Köder mit samt dem Haken und der halben Leine schluckte.

»Maren hat gemeint, daß ich es nicht schaffen würde, daß du für einen Nachmittag als mein persönlicher Diener auftrittst. Dagegen habe ich gewettet«, fuhr sie, von einem leicht verschmitzten Lächeln begleitet, fort.

Steffen blickte sie leicht irritiert an. Nach ihrer umfangreichen Einleitung hatte er mit etwas Komplexerem gerechnet. Mit Diener assoziierte er sogleich einen englischen Butler – er hegte von Jugend an eine Leidenschaft für P. G. Wodehouse – oder sein kontinentales Äquivalent in gestreifter Weste, vornehmer und würdevoller als die Herrschaft selbst.

Nachdem sich seine erste Überraschung gelegt hatte, begann ihn die Aussicht zu gefallen, für einen Nachmittag in die Rolle eines distinguierten Butlers zu schlüpfen. Mit einem Anflug von Wehmut erinnerte er sich ans Schultheater, in dem er während der Oberstufenzeit aktiv gewesen war und manchen Erfolg beim Publikum hatte verbuchen können, darunter auch einmal als Butler in dem berühmten Sketch ›Dinner for one‹.

Er war derart in seine Vorstellungen vertieft, daß er einen Moment benötigte, bis ihm bewußt wurde, daß sie mit ihrer Erklärung fortfuhr:

»Es fing damit an, daß Maren sich wieder einmal damit brüstete, wie leicht sie es doch habe, einen Mann dazuzubringen zu tun, was sie will, besonders wenn es dem Betreffenden eigentlich unangenehm ist. Sicher, Maren verfügt über einen besonderen Charme und sieht auch außergewöhnlich gut aus. Aber das allein macht es nicht. Viel wichtiger als gutes Aussehen ist doch die Persönlichkeit. Kurz und gut, ich sagte ihr leicht verärgert, daß mir das auch nicht schwerfallen würde. Darauf meinte sie, fast schon von oben herab – was ich ja überhaupt nicht abhaben kann und schon gar nicht von der besten Freundin – ich sei viel zu brav, um einen Mann so richtig um den Finger wickeln zu können. Nach einigem hin und her schlug ich diese blöde Wette vor. Ich weiß nicht, warum ich dabei ausgerechnet an dich dachte, Steffen. Aber die Männer, die mir ansonsten einfielen, kenne ich schon zu lange und Maren würde sie nicht akzeptieren. Sie würde mir unterstellen, daß sie es aus alter Freundschaft zu mir heraus täten. Du verstehst«, sah sie ihn mit leicht schiefgelegtem Kopf an.

Weil sie sich bemühte, ihn so bittend, als möglich anzusehen, entging ihm das diabolische Leuchten in ihren schönen braunen Augen. Ihr galt sein ganzes Mitgefühl. Wie konnte gerade die beste Freundin derart hinterfotzig sein? Nein, er konnte nicht zulassen, daß diese ›Freundin‹ triumphierte.

Das schien ja leichter zu gehen, als sie gedacht hatte. Es war immer wieder ein schönes Gefühl für sie zu spüren, wenn sie Macht über andere besaß. Allerdings war er auch kein wirklich ›schwieriger‹ Fall. Männer mit Helfersyndrom kosten in diesem Punkt wenig Anstrengung, besonders wenn *frau* sich schwach und hilflos gibt. Und war zudem das Objekt ihres Begehrens, wie in diesem Fall, in sie verknallt, selbst wenn es ihm noch nicht so richtig bewußt sein mochte, war es einfacher als einem Kleinkind den Lutscher abzunehmen. Andererseits hatte sie auch nicht mehr viel Zeit, bis Maren erscheinen würde.

»Ist doch nicht so schlimm«, entgegnete er aufmunternd und bemerkte gar nicht, wie er sich bereits in seiner Falle gemütlich einrichtete. »Es ist bestimmt reizvoll, für einen Nachmittag den Kammerdiener zu geben«, sah er es von der heiteren Seite. »Und wenn ihr euren Spaß dabei habt ... und du dir dafür nicht monatelange die Schadenfreude deiner Freundin anhören mußt.«

Unseren Spaß werden wir sicherlich haben, aber anders als du es dir im Augenblick vorstellst, dachte sie. Der Triumph über ihre leichte Eroberung ließ ihr Herz Freudensprünge machen.

»Du hast sicherlich auch schon eine Livree für mich«, scherzte er, der bereits ganz in seiner Rolle aufging und nicht im entferntesten annahm, daß sie tatsächlich so etwas wie eine Livree für ihn haben könnte.

»In gewisser Weise kann man es durchaus als eine Livree bezeichnen«, sagte sie spürbar gedehnt.

»Ach?« Er blickte sie mehr als überrascht an. Scherzte sie etwa, um ihre Verlegenheit zu überspielen, von der er immer noch glaubte, daß sie echt war?

Für einen Moment kamen ihr Zweifel. Würde er jetzt einen Rückzieher machen? Aber er schien nicht daran zu denken. Nachdem sich seine Überraschung gelegt hatte, interpretierte er ihre Antwort als – in seinen Augen schwache – Retourkutsche auf seinen Scherz.

»Mit einer richtigen Livree wie Diener sie in Filmen oder auf der Bühne tragen, hat es wenig zu tun«, versicherte sie ihm und schaffte es tatsächlich ihn zu beruhigen.

»Wann wollte deine Freundin kommen?« dachte er nun ans Naheliegende.

»In etwa eineinhalb Stunden.«

»Dann bleibt ja noch etwas Zeit«, war er etwas erleichtert, denn nach ihren Worten hatte er angenommen, daß Maren jeden Augenblick klingeln könnte.

»Du hilfst mir also aus der Klemme?« Es war mehr eine Feststellung als eine Frage.

»Ja, warum nicht?«

»Du bist ein Schatz«, sagte sie freudig und drückte ihm spontan einen Kuß auf die Wange.

Fast wäre er vor Rührung errötet.

»Ich hole dir jetzt deine ›Livree‹.« Erneut entging ihm der besondere Unterton, wie eigentümlich sie das Wort ›Livree‹ aussprach.

Allein im Bad und die Werkzeugkiste schließend, schüttelte er den Kopf darüber, auf welch kindische Wetten erwachsene Frauen doch mitunter verfielen, dabei die Tatsache völlig verdrängend, daß Männer in puncto kindische Wetten oft genug – leider – kaum zu toppen sind.

Wie das, was sie als Livree bezeichnete, wohl aussehen mochte? Etwas anderes als die typischen Livreen, wie er sie aus unzähligen einschlägigen Filmen und des Theaterfundus, aus dem sich damals die Theatergruppe seiner Schule bedient hatte, kannte, wollten ihm nicht in den Sinn kommen.

Darum staunte er nicht schlecht, mit was sie über dem Arm zurückkam. Nun, es gab wohl kaum etwas, das seiner Vorstellung von einer Livree derart diametral entgegenstand. Viel ›Livree‹ – ein anderes Wort dafür fiel ihm allerdings nicht ein – war es nicht. Aber das Wenige würde mehr Aufmerksamkeit erwecken als jeder noch so elegante Frack mit gestreifter Weste und gestärkter Hemdburst; schwarze Ledershorts und ein Harneß waren wirklich das letzte, an das er gedacht hätte.

»Es ist nicht sehr originell, ich weiß«, entschuldigte sie sich, weil sie seinen Blick mißdeutete.

Sie konnte ihre Angst nicht unterdrücken, daß er beim Anblick, welche ›Livree‹ sie für ihn bereithielt, doch noch einen Rückzieher machte.

Er fand, daß es im Gegenteil sehr ›originell‹, fast schon *zu* originell war, was sie ihm als ›Livree‹ anbot.

»Du mußt nicht, wenn du nicht willst«, sagte sie mit der richtigen Portion Demut, um jeden möglichen Zweifel, ob seine Entscheidung ihr zu helfen, richtig gewesen war, im Keim zu ersticken.

Er atmete tief durch. Es war nicht seine Art, eine einmal gegebene Zusage zurückzuziehen, wenn es keinen *wirklich* triftigen Grund dafür gab. Merkwürdigerweise fühlte er sich von ihr nicht wirklich überrumpelt, obwohl sie ihn meisterlich eingewickelt hatte. Für ihn paßte es zu einer solchen Wette.

»Hauptsache deine Freundin triumphiert nicht«, meinte er entschieden.

Er knöpfte schon das Hemd auf. Sie weidete sich immer mehr an der Macht, die sie über ihn bekam.

»Du ziehst besser auch die Unterhose aus. Die Shorts sind ganz schön eng.«

Er tat auch das und ihm wurde gar nicht bewußt, daß er sich ungeniert vor ihr auszog.

Sie mußten einen anerkennenden Pfiff unterdrücken, denn was seine Unterhose freigab, hielt, was seine engen Jeans versprochen hatten. Gewiß, Größe ist nicht alles. Ein zuviel ist auch nicht das Wahre. Aber hier stimmte alles. Ob er sich dessen bewußt war? Sie glaubte nicht so recht daran. Männer wie er, bemerken aus falscher Bescheidenheit nur selten, wie sehr die Natur sie bevorzugt hat. Komplimente von weiblicher Seite diesbezüglich tun sie leider zu oft als aus der Euphorie geboren ab. Aber sie war sicher, daß er das Geschenk von Mutter Natur zu gebrauchen wußte.

Er schlüpfte in die Shorts. Sie waren wirklich sehr eng, dabei aus erstaunlich weichem ungefüttertem Leder. Sie saßen wie für ihn gemacht. Mit einem zufriedenen fast schon lüsternen Lächeln sah Nora auf die Ausbeulung in seinem Schritt. Fast schon selbstverständlich legte er den Harneß an.

Ja, sie war zufrieden. Er sah so männlich wie noch nie aus. Wäre er in diesem Moment über sie hergefallen und hätte sie nach Strich und Faden durchgevögelt, sie hätte jede Minute genossen. Aber halt, devote Fantasien waren eigentlich nicht so ihre Sache. Ab und zu ganz nett, aber erstens hätte es nicht zu ihm gepaßt und zweitens hätte sie nach einer solchen Nummer das Interesse an ihm ebenso schnell verloren, wie ihr Orgasmus abgeklungen wäre. Er war in ihren Augen nicht der Mann, mit dem frau nur eine geile Vögelei haben wollte und es damit für sie abgetan war. Einen Mann zu ihren Füßen zu sehen, der ihr stets zu Willen war und gerade daraus seinen Genuß zog, war ihr bedeutend lieber. Dafür schien er auch viel besser geeignet.

»Paßt wunderbar«, meinte sie sichtlich zufrieden. »Ich ziehe mir jetzt auch etwas anderes an. Du kannst unterdessen Tee aufbrühen, den Tisch decken und so weiter. Gebäck ist im Schrank über dem Kühlschrank.«

Sie redete mit ihm bereits wie mit einem Diener und für ihn war es schon selbstverständlich, von ihr auf diese Weise behandelt zu werden.

Die Shorts trugen sich angenehm und den Harneß nahm er gar nicht richtig wahr. Er stellte sich bereits vor, was für ein Gesicht Noras Freundin machen würde, wenn sie sah, daß sie ihre Wette verloren hatte. Das weckte seinen Sinn für Schadenfreude und aufgeräumt ging er in die Küche, um seine Aufträge zu erfüllen.

3.

Der Tisch im Wohnzimmer war gedeckt, der Tee fertig gezogen, das Teelicht im Stövchen angezündet, das Gebäck ansprechend kredenzt, als Nora das Wohnzimmer betrat.

Er ist nicht nur fürs grobe Handwerkliche zu gebrauchen, dachte sie anerkennend.

Dafür staunte er nicht schlecht, als er sie sah. Er kannte sie bisher ja nur in legerer Kleidung und meist ungeschminkt. Zwar war die beige Seidenbluse fast züchtig geschlossen, aber dafür betonte sie ihre ansehnlichen Brüste umso mehr. Der enge elegante Rock aus schwarzer Seide legte sich wie eine zweite Haut um ihren schönen Po und die breiten Hüften, die langen Beine umhüllten zarte schwarze Nahtnylons. Es war das erste Mal, daß er sie in Schuhen mit derart hohen schlanken Absätzen sah. Ihr Make-up ließ sie reifer erscheinen. Sie wirkte nun wie eine Dame, für die es selbstverständlich ist, sich einen Diener zu halten.

Sie begutachtete mit der Miene einer Hausherrin, die gewohnt ist, mit Personal umzugehen, alles aufmerksam.

»Ja, ich bin zufrieden mit dir«, wandte sie sich in herrschaftlichem Tonfall an ihn, an dem nichts gespielt wirkte. Sie ging ganz in ihrer Herrschaftsrolle auf.

Es bereitete ihm keinerlei Schwierigkeiten, sie sich als Hausherrin in einer herrschaftlichen Villa mit reichlich Personal vorzustellen. Er stand leicht abseits und weidete sich an ihrem Anblick. Ein eigenartiges Gefühl von Hingezogenheit zu dieser reizvollen jungen Frau, deren Körperhaltung kaum noch etwas mit jener gemein hatte, die er bisher kennengelernt hatte, durchströmte ihn. Da war nichts mehr von der Mädchenhaftigkeit, der scheinbaren Zurückhaltung zu spüren, die er bisher bei ihr kennengelernt hatte. Hatte er sich bisher durchaus vorstellen können, daß sich etwas zwischen ihnen entwickelte, so erschien ihm das nun in weite Ferne gerückt. Eine Frau wie die, die jetzt gemessenen Schrittes alles genau prüfend um den Tisch herumging, die vor Selbstbewußtsein und damenhafter Eleganz nur so zu strotzen schien, bevorzugte sicherlich Männer, die ihr ebenbürtig waren.

Bevor er irgend etwas sagen konnte, klingelte es.

Nora warf einen Blick auf die Wanduhr.

»Das ist Maren. Pünktlich wie immer. Gehe ihr öffnen.«

Erst als er fast die Wohnungstür erreicht hatte, wurde er sich bewußt, daß sein Aufzug, höflich gesagt, etwas ungewöhnlich war. Und wenn es nicht Noras Freundin war, sondern eine Nachbarin oder irgend jemand anderer ahnungsloser? Doch war es zu spät, noch einen Rückzieher zu machen. Mit wild klopfendem Herzen und feuchten Handflächen öffnete er.

»Dann hat Nora es also geschafft!« Die von Enttäuschung begleitete Aussage der Frau, die vor ihm stand, erleichterte ihn und sagte ihm, daß sie Maren sein mußte.

Maren trat an ihm vorbei in die Diele, wobei sie ihn kurz und leicht von oben herab musterte, wie man eben die neue Dienerschaft einer guten Freundin mustert.

Schnell schloß er die Tür hinter ihr, damit niemand Unbefugtes Gelegenheit bekam, zu sehen, was er nicht sehen sollte.

Hatte er zuerst geglaubt, in Nora den Prototyp der hochherrschaftlichen Dame zu sehen, so belehrte Marens Erscheinung ihn eines besseren. Ihr Auftreten war noch um einiges selbstsicherer. Zudem gehörte sie zu den Frauen, die man(n) eigentlich meist nur bestaunt; groß, traumhafte feminine Figur, von den Zehen bis zu den Haarspitzen perfekt gestylt, langes schweres schwarzes Haar, dunkle tiefgründige Augen, maßgeschneidertes rotes Lederkostüm, edle graue Seidenbluse, zarte rote Nylons, rote maßgefertigte zehenfreie Schuhe auf denen sich nicht das kleinste Stäubchen zeigte, mit atemberaubend hohen Absätzen, auf denen sie sicher und würdevoll ging. Nein, eine Frau wie Maren ging nicht, sie schritt und schwebte dabei beinahe über dem Boden, wenn nicht gar über den Dingen an sich. Gegen sie wirkte Nora auf ihn sofort wieder etwas mehr wie die ein bißchen zu brave junge Frau von nebenan.

Die Freundinnen umarmten sich herzlich.

Steffen blieb im Rahmen der Wohnzimmertür stehen, wartete auf Anweisungen und genoß die Gegenwart zweier derart interessanter Frauen.

»Gratuliere, daß du es geschafft hast«, trug Maren ihre Niederlage mit Würde und Anerkennung für die Siegerin. »War es schwer?«

»Es ging«, meinte Nora leicht hin und wich seinem Blick für einen Moment sichtlich verlegen aus.

»Geschmack hast du jedenfalls. Obwohl der letzte ...«

»Wir wollen nicht weiter daran denken«, fiel Nora ihr ins Wort, bevor Maren etwas sagen konnte, das ihn mißtrauisch machen könnte. »Setzen wir uns, Tee muß heiß getrunken werden.«

Ein schelmisches Lächeln umspielte Marens tiefrot geschminkte volle Lippen.

Beide Frauen setzten sich mit einer fließenden, damenhaft würdevollen Bewegung und schlugen die schönen langen Beine auf eine Weise übereinander, die elegant und kokett zugleich war und keinen Zweifel daran ließ, daß sie nicht nur um die Schönheit ihrer Beine wußten, sondern sie zugleich in stolzer Selbstverliebtheit gerne präsentierten, im Wissen darum, daß ein Bewunderer in ihrer Nähe war.

Steffen glaubte ein leises Knistern des zarten Stoffs ihrer edlen Nylons beim Übereinanderschlagen zu vernehmen und für den Moment wollte ihm der Atem stocken.

»Schenkst du uns ein?« Trotz der freundlichen Weise, mit der Nora es sagte, war es unüberhörbar ein Befehl.

Er gab sich einen Ruck und hoffte, daß er vor Aufregung nicht zitterte, wenn er den Tee einschenkte. Aber seine Hand blieb erstaunlich ruhig. Er wußte, daß jede Ungeschicklichkeit seinerseits negativ auf Nora zurückwirken und dieser überaus stolzen Maren einen Grund zur Häme geben würde. Zugleich glaubte er sicher zu sein, daß Nora ihn für seine Ungeschicklichkeit ›strafen‹ würde. Womöglich noch in Marens Gegenwart, um sich keine Blöße zu geben.

Er reichte Maren höflich als erste eine Tasse, nachdem er sich bei ihr mit serviler Freundlichkeit erkundet hatte, ob sie etwas in den Tee nehme.

Er ging ganz in seiner Rolle auf. Ihm wurde nicht einmal bewußt, daß es sich lediglich um eine Rolle handelte, die er spielte, und er, hätte man ihm von einer solchen Situation erzählt, nur schallend gelacht und behauptet hätte, daß es ihm anstelle des Mannes nicht eine Minute gelungen wäre ernst zu bleiben. Aber weil keiner der Anwesenden an dieser Situation etwas Erheiterndes oder gar Lächerliches fand, besaß es auch für ihn nichts Erheiterndes oder gar Lächerliches.

Maren nahm die von ihm dargebotene Tasse mit einem freundlichen, doch zugleich auch herablassenden Lächeln entgegen, wobei sie ihn musterte, als sei sie dabei einen Zuchthengst auf seine Qualitäten für ihre rossige Zuchtstute zu überprüfen, bevor sie sich zu einer Kaufzusage entschloß.

Ihm war dieser Blick nicht unangenehm; es mußte reizvoll sein, einer Frau wie ihr zu Willen zu sein.

Als er Nora ihre Tasse reichte, bemerkte er leichte Unsicherheit in ihrem Blick, auch glaubte er, daß ihr »Danke« etwas belegt klang. Doch beides schien nur für einen Augenblick vorhanden zu sein. Dann war sie wieder hochherrschaftliche Dame.

Nachdem beide Frauen ihren Tee entgegengenommen hatten,

trat er einen Schritt zurück und blieb in angemessener Entfernung in aufrechter Haltung stehen, die Hände hinter dem Rücken gefaltet und auf weitere Anweisungen wartend.

Nora und Maren tranken ihren Tee, aßen von dem Gebäck und plauderten unbefangen miteinander, als seien sie allein. Steffen schien für sie zu einem Einrichtungsgegenstand geworden zu sein, der nur wahrgenommen wird, wird er benötigt.

Auf den Inhalt ihrer Gespräche achtete er kaum. Er bemühte sich, so würdevoll und unauffällig wie möglich dazustehen und ließ die Blicke von der einen zur anderen wandern.

Obwohl Maren in seinen Augen eindeutig die aufregendere von beiden Frauen war, ihm vor allem ihr schickes Lederkostüm mit dem engen seitlich geschlitzten Rock, der einen schmalen Streifen des Strumpfsaumes sehen ließ, gefiel, fühlte er sich unzweifelhaft zu Nora hingezogen und stellte sich vor, wie gut ihr ein solches Kostüm stehen würde. Für ihn war es zur Herzensangelegenheit geworden, daß sie vor ihrer Freundin mit ihm glänzte. Er schien bereit, alles dafür zu tun. Zum Glück für ihn – oder auch nicht, das kam auf den Standpunkt an – war sich Nora nicht sicher, ob sie von ihm tatsächlich schon uneingeschränkte Ergebenheit erwarten konnte, ganz gleich, was sie vor den Augen ihrer Freundin von ihm verlangen würde. An diesem Nachmittag beschränkte sie sich noch darauf, sich von ihm bedienen zu lassen.

Im Grunde tat er die ganzen zwei Stunden, die Marens Besuch dauerte, nichts anderes als den Frauen Tee und Gebäck zu reichen und darüber hinaus möglichst würdevoll und unauffällig dazustehen. Daß er ihnen damit einen mindestens ebenso anregenden Anblick bot wie sie ihm, war ihm nicht einen Augenblick bewußt. Obwohl gerade Maren ihm immer wieder Blicke zuwarf, die ihn zum reinen Lustobjekt degradierten, ihm aber alles andere als mißfielen, auch wenn er sich lieber von Nora so ansehen ließ, die jedoch – noch – nicht die Ungezwungenheit besaß, ihn uneingeschränkt als reines Objekt ihrer Lust, als ihr ›Eigentum‹ zu sehen.

Als Maren wie beiläufig zu erzählen begann, wie reizvoll sie enge Lederhosen bei Männern fand, besonders wenn diese einen richtigen Knackarsch hatten und im Schritt bestens ausgestattet waren, wurde ihm auf einmal ganz schön warm, obwohl er wenig trug und im Raum eigentlich eine angenehme Temperatur herrschte. Obwohl sie sich mit keiner Silbe auf ihn direkt bezog, war weder für ihn noch für Nora unüberhörbar, daß sie ausschließlich von ihm sprach, zumal sie ihn immer wieder auf eine Weise ansah, als wollte sie ihn jeden Augenblick als praktisches Beispiel auf eine durchaus handfeste Weise vorführen, weshalb er für ihn ärgerlicherweise eine Erektion bekam, die in den engen Shorts sehr unangenehm war.

Er bemühte sich weiterhin um Haltung und nicht an das angespannte Gefühl in seinen engen Shorts zu denken, was ihm nicht wirklich half. Zumal mittlerweile auch Nora auf seinen Schritt mit einem Blick sah, der keinen Zweifel an ihren Gedanken ließ, wenn auch, anders als Maren, auf mehr zärtliche Weise.

Wohl mehr, weil Maren das Thema bald langweilig wurde und weil er Haltung bewahrte, wechselte sie zu einem anderen, unverfänglicheren Thema – unverfänglich vor allem für ihn – so daß sich die Lage in seinen Shorts bald entspannte, was ihn nur bedingt erleichterte, denn grundsätzlich hatte er es genossen, von Maren und Nora als reines Lustobjekt betrachtet zu werden.

Lange blieb Maren nicht mehr. Sie verabschiedete sich herzlich von ihrer Freundin. Er ging ihnen voran zur Tür. Er spürte körperlich, wie sie sichtlich lüstern auf seinen Hintern schauten, was erneut für Spannung in seinem Schritt sorgte.

Nachdem er die Tür hinter Maren geschlossen hatte und das Klacken ihrer hohen Absätze im Treppenhaus auf dem Weg nach unten verhallt war, atmete er tief durch.

Nora und er standen sich abwartend gegenüber. Das Verhalten einer Herrin wich etwas von ihr. Obwohl es besser gelaufen war, als sie gehofft hatte, fühlte sie leichte Verlegenheit in sich aufsteigen, die aber schnell einem Gefühl von liebevoller Zuneigung für ihn Platz machte.

Er war noch unschlüssig, wie er sich weiterhin verhalten sollte, verspürte noch wenig Lust, seine Rolle bereits jetzt aufzugeben.

Nora trat auf ihn zu, legte ihm die Hände auf die Schultern, küßte ihn zärtlich auf den Mund, wobei sie sich leicht hinunterbeugen mußte, denn auf ihren beinahe turmhohen Absätze war sie etwas größer als er. Er spürte ihren warmen, nach Tee und Gebäck riechenden Atem.

»So, und jetzt bekommst du deine Belohnung«, sagte sie aufgekratzt und mit leuchtenden Augen, schließlich verspürte sie, spätestens seit Maren sich über seine augenscheinlichen Vorzüge ausgelassen hatte, auch in ihrem Schritt Spannung.

Belohnung ist ein wichtiger Teil der Erziehung, auch wenn sich der Erzieher unter Umständen damit selbst mehr belohnt. Seine Erziehung zu ihrem persönlichen Diener hatte eben erst begonnen, wenn auch vielversprechend.

Armin A. Alexander
Ein (fast) alltäglicher Fall

In einer Siedlung, die abgebrochen werden soll, um Neubauten Platz zu machen, wird die Leiche einer Frau gefunden, die nackt auf einem alten Bettgestell gefesselt liegt. Alles deutet darauf hin, daß eine BDSM-Session gehörig daneben gegangen ist. Doch wer war bei der Frau gewesen? Wer hat sie gefesselt und mit einem Seidenschal gewürgt? Kommissarin Eva Gerbroth begibt sich im Rahmen ihrer Ermittlungen auch in die örtliche BDSM-Szene. Auf einer Party lernt sie den Szene-Photographen und passionierten Dom Jean kennen, von dem sie sofort fasziniert ist. Durch ihn erfährt sie mehr über sich selbst als über ihren Fall, der bald eine überraschende Wende nimmt, als Eva entdeckt, daß Jean die Tote gekannt hat, obwohl er es ihr gegenüber leugnet.

»Ein (fast) alltäglicher Fall« ist spannender Krimi und erotische Liebesgeschichte in einem. Die SM-Szenen sind liebevoll und detailliert beschrieben, herrlich zum Mitträumen. Armin A. Alexander ist ein hervorragender Erzähler, der zu fesseln vermag.

Zilli in den »Schlagzeilen« Nr. 113

ISBN: 978-3-7448-5218-0
Paperback, 320 S., € 13,99
E-Book, epub, no-drm, € 9,99